Siegfried Binder

Leidenschaft schafft Leiden

Erzählungen

Die Handlung dieser Erzählungen sowie die darin vorkommenden Personen sind frei erfunden, eventuelle Ähnlichkeiten mit realen Begebenheiten und tatsächlich lebenden oder bereits verstorbenen Personen wären rein zufällig.

Bibliografische Information der Deutschen Nationalbibliothek
Die Deutsche Nationalbibliothek verzeichnet diese Publikation in der Deutschen Nationalbiografie; detaillierte bibliografische Daten sind im Internet über http://dnb.d-nb.de abrufbar.

© 2015 Siegfried Binder
Herstellung und Verlag: BoD - Books on Demand, Norderstedt
Satz, Layout: Ross Werbedesign, Soest
Titelbild: © Trifonenko Ivan - Fotolia.com

ISBN 978-3-7347-6130-0

Meinen Enkeln

Inhalt

Anna und ihr Mörder 7

Wen die Götter richten 12

Verschollene Jahre 74

Eine Karriere 97

Absurdität und Schicksal 135

Peng 140

Der Todestrunk 144

Vergessene Schwüre 147

Anna und ihr Mörder

Sie spielte am Rand des Waldes. Unter ihr lag das Tal. Zwischen ihr und dem Elternhaus breitete sich die Wiese aus. Die Luft war gesättigt vom Duft des frisch gemähten Grases. An den Blüten naschten Bienen, der Wald rauschte ein beruhigendes Lied. Ein Bächlein durchzog die Wiese, dessen Wasser plätscherte und hüpfte von Stein zu Stein in die Niederung, die umgeben war von sanften Hängen. Anna hockte auf der Erde. In ihren Händen hielt sie einen dicken Strauß blühender Spätsommerblumen, die herb und süß dufteten. Der Himmel war behangen mit kleinen silbergrauen Wolken, durch die die Nachmittagssonne ab und an lugte, die Welt in mildes Spätlicht tauchte und die Erde wärmte. Die Wölkchen segelten gemächlich mit einer leichten Westbrise Richtung Osten, auf den grünen Matten weideten Kühe. In dieser wie von Zauberhand erschaffenen, abgeschiedenen, engen Welt heimelte das Glück. Anna war fünf Jahre alt und sommerlich luftig bekleidet. Sie sprach leise vor sich hin und übte einen Vers, den ihr der ältere Bruder zum Geburtstag der Mutter geschrieben hatte.

Ich komm zu dir und gratulier
dir zu deinem Ehrentag.
Ich wünsche, dass weiterhin die Zeit mit dir
in Lieb verbunden bleiben mag.

Ganz ihrer Übung hingegeben, achtete sie nicht darauf, was um sie geschah und bemerkte nicht die Gestalt, die aus dem Wald sich ihr genähert und, hinter einem Baum versteckt, sie eine Zeitlang

beobachtet hatte. Es war ein Mann, ungepflegt in seinem Äußeren. Der Körper wurde von kurzen Beinen getragen, war wabbelig und plump. Seine langen Haare waren zu einem Zopf geflochten. Seine Augen saugten sich am Kinde fest und ließen nicht von ihm ab. Er trat näher. Anna schaute zu ihm erschrocken auf.
„Oh, du hast einen Blumenstrauß gepflückt. Wem willst du ihn schenken?"
„Meiner Mama."
„Wie heißt du?"
„Anna."
„Und wo wohnst du?"
Sie zeigte auf das Gehöft, das unterhalb der Wiese lag.
„Dort unten."
„Wollen wir etwas in den Wald gehen?"
„Nein."
Er streichelte ihre blonden Haare. „Wie schön du bist." Er betatschelte mit seinen fleischigen Händen ihren Oberkörper, fuhr unter das Kleid und raunte: „Deine Haut ist so zart, so weich, so seidig."
Anna entwand sich seinem Zugriff und versuchte fortzulaufen. Er ergriff sie von hinten.
Sie schrie: „Mama, Mama."
Er presste seine Hand auf ihren Mund und erstickte so ihren Hilferuf. Er warf sie auf die Erde und setzte sich rittlings auf sie. Sie schlug mit Armen und Beinen um sich.
„Nicht doch Anna, du musst ruhig, ganz ruhig bleiben." Seine Hand ruhte auf ihrem Mund.
Ihre Kräfte erlahmten schnell. Er schaute lächelnd auf sie herab. Als sie still und erschöpft und ausgestreckt unter ihm lag, ließ er von ihr ab.
Sie flehte: „Lass mich, ich will zu Mama."
Seine Pupillen weiteten sich. Er umfasste ihren Hals mit beiden

Händen und drückte leicht zu. Anna begriff nicht, sie hatte nur Angst. Er verringerte den Händedruck, Anna begann zu weinen. Er presste stärker, sie rang nach Luft. Er lockerte seinen Griff, sie atmete heftig. Er griff noch fester zu, sie bäumte sich auf. Er wiederholte sein Tun, schnürte ihr die Kehle zu, drosselte und würgte, umkrallte eisern ihren Hals. Dann schwächte er die Umklammerung ab oder unterbrach kurzzeitig sein Werk. Anna stöhnte, japste, gurgelte, röchelte. Sie lief im Gesicht bläulich an und das Weiß ihrer Augen färbte sich rötlich. Er beobachtete lusterregt den qualvollen Todeskampf des Kindes und registrierte ihr letztes Krampfen und das plötzliche Erschlaffen des kleinen Körpers. Er stieß einen grunzig-brünstigen Laut aus, sein Herz raste, er atmete heftig, sein Körper war schweißgebadet. Aber er fühlte sich entspannt, schwebend, hochjauchzend mit sich und der Welt vereint. Nach einiger Zeit stand er auf, zog Anna in ein Gebüsch, legte ihren Blumenstrauß auf ihre Brust mit den Worten: „Du, mein Engel, ich werde nie vergessen, was du mir geschenkt hast." Die Erde tat sich nicht auf und verschlang ihn nicht. Er suchte konzentriert den Platz nach Spuren ab, die er vielleicht hinterlassen haben könnte. Dann ging er schnellen Schrittes auf kürzestem Weg durch den Wald ins Nachbardorf zu seiner Wohnung. Er wusste, er würde früher oder später als Täter ermittelt werden. Er rechnete nach. Bis zum Auffinden der Leiche müssten 24 Stunden vergehen, dann hätte er eine Chance und seine Verdeckungsmaßnahmen würden greifen. Dann ließe sich der genaue Todeszeitpunkt und sein Trunkenheitszustand nicht mehr genau bestimmen. Er schlich sich ungesehen in seine Wohnung, er leerte eine Flasche Wodka im Sturztrunk und begann nach einiger Zeit im Hause zu lamentieren. Er forderte Nachbarn torkelnd und lallend zum Mittrinken auf, grölte Lieder, wurde obszön, redete wirres Zeug.
Sein Strafregister enthielt drei Eintragungen.

Eine Vergewaltigung eines jungen Mädchens, einen Kindesmissbrauch und einen Mord. Den Mord hatte er mit zwanzig Jahren an einem zehnjährigen Mädchen begangen, er war von der Jugendstrafkammer als jugendlich unreif eingestuft und zu sechs Jahren Jugendstrafe verurteilt worden. Im Gefängnis hatte er sich stets ordentlich, angepasst und kooperativ verhalten. Er hatte erfolgreich an einem Antiaggressionstraining teilgenommen, hatte therapeutische Einzelgespräche geführt, hatte sich zum Elektroniker qualifiziert und bei freien Ausgängen und Urlauben bewährt. Mitgefangene und Therapeuten hatten ihm viel beigebracht. Seine Lust an der Gewaltausübung sei Folge frühkindlicher Traumatisierungen, so die Therapeuten. Von Mithäftlingen hatte er von sexuellen Würgespielen gehört, deren Höhepunkt die orgastische Bewusstlosigkeit sei. Er hatte sich diese Erzählungen als selbsterlebte und erlittene Gewalterfahrungen zugedichtet. Er hatte sie immer wieder berichtet und ausgemalt und schließlich selbst daran geglaubt. So hätten sich bei ihm Wut- und Rachegefühle entwickelt, die er nüchtern unterdrückt, unter Alkohol aber impulsiv und wider Willen und Wollen ausgelebt habe. Ihm war beigebracht worden, wie mit Alkoholisierung eigenes Handeln über Erinnerungsausfälle oder Erinnerungslücken sich vertuschen und Eigenverantwortung abwälzen lässt. Er hatte über Jahre verschwiegen, dass er Nacht für Nacht die Vergewaltigung, den Missbrauch und den Mord sich vergegenwärtigt und tags in seinen Tagträumereien nacherlebt hatte. Dann war er von erregender, lustbetonter, körperlicher und psychischer Spannung und Gier ergriffen worden und hatte sich den Tag herbeigesehnt, an dem er frei sein würde und das Unausweichliche wiederholen würde. Sein sehnsüchtiges Verlangen hatte sich nun mit Anna erfüllt. Er empfand darüber weder Schuld noch Reue. Seine Veranlagung war für ihn genetisch bedingt, von daher normal und von ihm nicht zu verantworten.

Scheinbar volltrunken, begann er zu kalkulieren, welche Strafe er als betrunkener, traumatisierter Täter zu erwarten habe. Mithilfe eines gewissensarmen Anwalts und eines gutgläubigen Psychiaters würde er wohl im schlimmsten Fall zu zehn Jahren Freiheitsstrafe verurteilt werden. Er würde seine Täterschaft bestreiten, würde Volltrunkenheit und Erinnerungsausfall geltend machen. Er würde wieder ein vorbildlicher Gefangener sein und sprechen, wie es sich für einen Straftäter gehört. Nach 2/3 seiner Strafzeit würde er dann wohl entlassen werden. Er war sich sicher, dass die Gerichte dann nicht über ihn und seine Veranlagung, sondern nach weltverbessernden und leidbringenden Ideen urteilen würden und man ihm Menschenwürde und Resozialisierung nicht verwehren werde. Er goss zwei Tage Alkohol in sich hinein, gab sich seinen Gewaltfantasien hin und schlief beruhigt und zufrieden. Er erwachte, als ihn nach zwei Tagen ein Kriminalbeamter aus dem Schlaf rüttelte.
Die Zeit seiner Maskerade war gekommen.

Annas Eltern, fromme Bauersleute, verfluchen seit jenem Tage Gott und die Gerechtigkeit.

Wen die Götter richten

Am 1.6.2012 drückte Polizeimeister Cramer nach dem Klingelton sofort das Telefon auf Empfang. „Hier ist das Polizeipräsidium Dortmund, was kann ich für Sie tun?"
Eine sonore männliche Stimme sprach laut und deutlich: „In der Wohnung Brückenstraße 62, drittes Stockwerk rechts, liegt eine Leiche."
„Sagen Sie mir bitte Ihren Namen und Ihre Anschrift."
Der Anrufer wiederholte: „In der Wohnung Brückenstraße 62, drittes Stockwerk rechts, liegt eine Leiche." Dann legte er auf.
Herr Cramer veranlasste sofort und routinemäßig das Erforderliche. Er informierte die Schutzpolizei und das zuständige Kriminalkommissariat. Nach wenigen Minuten trafen zwei Beamte in der Brückenstraße ein. Das Wohnhaus Nr. 62 war ein gepflegtes, vierstöckiges Gebäude und mochte in den 20-er Jahren erbaut worden sein. Eine breite Treppe mit kunstvoll geschmiedetem Geländer führte in die oberen Etagen. Die Haustür war angelehnt, die Tür zur Wohnung in der dritten Etage rechts war verschlossen. Die Beamten klingelten einige Male, es wurde ihnen nicht geöffnet. Nach mehreren Versuchen gelang es ihnen, die Tür mithilfe einer Kreditkarte zu öffnen. Sie betraten einen breiten Flur, von dem aus Türen in die Wohnräume führten. Die Beamten inspizierten bedächtig und vorsichtig den Einsatzort - Badezimmer, Schlafzimmer, das Gästezimmer. Der Wohnraum hatte eine Größe von etwa 42qm und war verbunden mit einer Essecke. Vor dem Kamin standen eine Couch und zwei Sessel, hinter der Couch entdeckten die Beamten eine Afrikanerin, die mit

angewinkelten Beinen auf dem Parkettfußboden lag und offenbar leblos war. Sie informierten sofort die Zentrale, postierten sich vor der Wohnungstür und sicherten so den Fundort ab.

Kriminalhauptkommissar Schneider, Leiter der Mordkommission, Kriminalkommissar Becher und der Gerichtsmediziner, Dr. Lindter, trafen fast gleichzeitig nach einer halben Stunde in der Brückenstraße ein. Herr Schneider war groß, stark und kurzbeinig und hatte ein vollrundes Gesicht mit wasserblauen Augen. Er sondierte die äußeren Gegebenheiten. Das Zimmer war aufgeräumt, es fanden sich keine Kampfspuren, kein Tatwerkzeug, keine Hinweise für Tatverdeckungsmaßnahmen. Dr. Lindtner stellte den Tod der Farbigen fest. Der Leichnam war fühlbar erkaltet und wies keinerlei äußerliche Verletzungen auf. Er maß die Körpertemperatur und ließ protokollieren, dass die Tote vermutlich vor 10 bis 20 Stunden verstorben sei. Die Tote hatte einen fast schwarzen Teint, war klein und von zierlicher Gestalt, war bekleidet mit Jeans und einer Bluse, die die gereiften Formen umspannte. Sie hatte ein schmales Gesicht, eine fleischige Nase, schön geformte Hände und einen üppigen, breiten Mund voller Sinnlichkeit. Ihre Haare waren in viele kleine Zöpfe geflochten. Noch während der Besichtigung der Wohnung trafen die Spezialisten der Spurensicherung ein und nahmen ihre Arbeit auf. Herr Schneider sah sich in der Wohnung um und konnte einen deutschen und einen nigerianischen Pass mit dem Bild der Toten und den Namen Adventa Achebe sicherstellen. Er benachrichtigte die Staatsanwaltschaft, die die Beschlagnahme der Leiche, deren Obduktion und die toxikologische Untersuchung von Blut und Urin der Toten anordnete. Kriminalkommissar Becher hatte sich zwischenzeitlich bei den Hausbewohnern nach den Lebensgewohnheiten der Toten erkundigt. Das Ergebnis war mager. Man kenne sie unter den Namen Achebe, sie empfange kaum Besuche, sie sei eine sehr freundliche und ruhige Person. Welcher Tätigkeit sie nachgehe, wisse man nicht. Man habe weder am vorherigen noch am heutigen Tage etwas Auffälliges wahrgenommen. Eigentümer der Wohnung sei wohl der Rechtsanwalt Dr. Hermann.

Die Leiche wurde in das gerichtsmedizinische Institut der Universität Dortmund gebracht und die Wohnung wurde versiegelt. Herr Schneider und Herr Becher fuhren zur Kanzlei von Dr. Hermann. Dieser befasste sich schwerpunktmäßig mit Wirtschaftskriminalität, galt als Koryphäe auf diesem Rechtsgebiet und war bundesweit als Strafverteidiger begehrt. Er beschäftigte weitere sechs Anwälte und drei Volkswirte. Der Kriminalhauptkommissar war erstaunt, dass er sofort nach seiner Anmeldung zu Herrn Dr. Hermann vorgelassen wurde. Ihm trat ein übermäßig beleibter Mann mit einer ungeheueren Rundung des Bauches, mit einem kurzen Hals und einem kleinen Kopf entgegen, dessen wässrige Augen unruhig und listig hin und her wanderten. Der Anwalt bat die Beamten, Platz zu nehmen, und erklärte behutsam und gedämpft, noch bevor er als Zeuge belehrt werden konnte: „Also Herr Hauptkommissar, ich habe heute Morgen beim Polizeipräsidium angerufen. Die Angelegenheit ist mir sehr peinlich. Ich habe Frau Achebe vor fünf Jahren in einer Disko kennengelernt. Wir sind uns sehr schnell nähergekommen, wie soll ich sagen, sie wurde meine Nebenfrau. Ich wusste, dass sie Prostituierte ist, sie hat sich nach unserer Beziehung nicht weiter prostituiert. Ich mochte vor allem ihre Offenheit, ihre Lebensfreude, ihre Selbstsicherheit und natürlich ihren Sex. In meiner Ehe gibt es diesbezüglich Probleme. Etwa vor zwei Jahren habe ich ihr meine Eigentumswohnung in der Brückenstraße überlassen. Seitdem trafen wir uns dort einmal oder zweimal wöchentlich, man kann sagen, es war unser Liebesnest. Sie erhielt von mir eine monatliche Apanage von 2.000 € und war mir dafür auch in mancherlei Dingen behilflich. Vor drei Tagen feierten wir abends bei ihr unsere 5-jährige Bekanntschaft. Heute wollte ich ihr einen Armreif schenken, sie liebte Schmuck. Ich betrat mit meinem Schlüssel die Wohnung und fand sie im Wohnzimmer so vor, wie Sie vermutlich auch. Ich überzeugte mich, dass sie tot ist, ließ alles unberührt, fuhr nach Hause und rief von unterwegs das Polizeipräsidium an. Ich nannte meinen Namen nicht. Verstehen Sie bitte, ich will kein Aufsehen, ich möchte öffentlich nicht belastet werden. Es käme einem Rufmord gleich."

Der Anwalt schwieg, der Kommissar hakte nach. „Was ist Ihrer Meinung nach geschehen?"

„Ich weiß es nicht. Nichts deutet auf einen Kampf, nichts auf Gewaltanwendung hin. Ich bin aber überzeugt, dass Adventa, also Frau Achebe, getötet wurde."

„Wie kommen Sie darauf?"

„Sie war jung, 32 Jahre alt. Sie war gesund und litt an keiner körperlichen Erkrankung. Und sie bejahte das Leben, versprühte Vitalität und Optimismus."

„Gab es zwischen Ihnen Konflikte?"

„Nein, vielleicht kleine Meinungsverschiedenheiten - Alltägliches."

„Hatte Adventa Feinde?"

„Nein, ich wüsste nicht."

„Hat sie Ihnen von Problemen erzählt?"

„Ja, da hat wohl jemand sie beschuldigt, dass sie eine Abmachung nicht eingehalten hat. Das hat sie aber nicht weiter aufgeregt."

„Wissen Sie, wer sie belastet hat?"

„Nein, kann ich nicht sagen."

„Hatte sie psychische Probleme, war sie depressiv?"

„Nun ja, sie hatte oft Sehnsucht nach Afrika und wurde dann ein kleinwenig schwermütig. Aber das ging schnell vorbei."

Hauptkommissar Schneider bat den Anwalt, sich für weitere Fragen bereit zu halten, er versprach Diskretion und beschloss, die

Ergebnisse der medizinischen und toxikologischen Untersuchungen abzuwarten. Fünf Tage später wurden ihm die Befunde vom gerichtsmedizinischen Institut per E-Mail mitgeteilt. Der Tod der Frau Achebe sei vermutlich durch spontanes Herzversagen eingetreten, es gebe keinen Hinweis auf Fremdeinwirkung und kein Nachweis für toxische Substanzen. Der Kommissar beschlagnahmte die persönlichen Gegenstände der Verstorbenen und übergab sie dem Anwalt zur weiteren Veranlassung. Die Staatsanwaltschaft gab den Leichnam frei, drei Tage später wurde Frau Achebe auf dem Südfriedhof beerdigt. Am Begräbnis nahmen der Anwalt, der Hauptkommissar und vier farbige Frauen teil. Ein evangelischer Pfarrer hielt eine kurze Trauerrede und leierte das Vaterunser herunter. Der Himmel bezog sich mit dunklen Wolken und Regentropfen fielen. Der Beamte und der Anwalt verließen eiligen Schrittes und schweigend gemeinsam den Friedhof. Am Haupteingang stießen sie auf die sauber und frisch gekleideten afrikanischen Frauen, die miteinander lebhaft schwatzten. Der Anwalt wendete sich an sie: „Entschuldigen Sie, ich möchte Sie zu einem kleinen Imbiss einladen. Das ist bei uns so Brauch."

Die Angesprochenen verstanden ihn nicht. Er wiederholte sich auf Englisch und wies auf ein kleines Restaurant gegenüber dem Friedhof. Die Frauen zeigten sich leicht irritiert, nahmen aber seine Einladung dann doch lächelnd an. Herr Schneider und Dr. Hermann gingen der Gruppe voraus. Der Kriminalbeamte überlegte, warum der Anwalt kein Wort des Schmerzes, des Bedauerns oder der Trauer äußerte. Der Anwalt fragte: „Herr Schneider, die Staatsanwaltschaft hat das Ermittlungsverfahren eingestellt; was bewegt Sie, am Begräbnis einer Ihnen unbekannten Frau teilzunehmen? Es ist ungewöhnlich."

Die Antwort des Kommissars enthielt Schärfe. „Ja, es ist ungewöhnlich. Ich glaube nicht an eine natürliche Todesursache."

„Und jetzt sind Sie auf der Pirsch?"
„Ja."
Die kleine Trauergemeinde setzte sich in der Gaststätte an einen Tisch, schwieg und suchte Ruhe und Sammlung. Unter der Wirkung von Aperitifs, Wein und einem Dreigangmenü lockerte sich allmählich die Stimmung. Der Kommissar hielt schließlich den Zeitpunkt für gekommen, seine Fragen zu stellen. Er wandte sich an eine Dame mit schwarzen, zart umschatteten, träumerischen Augen.
„Ihre Begleiterinnen sprechen Sie mit Rosa an, woher kommen Sie?"
„Vom Asylheim. Da haben wir uns befreundet. Wir sind Asylanten."
„Und aus welchem Land kommen Sie?"
„Aus Nigeria."
„Nigeria ist groß; aus welcher Gegend?"
„Meine Familie kommt weit aus dem Norden, aus Ibadan. Aber ich bin in Lagos zu Hause."
„Was hat Sie aus Ihrer Heimat vertrieben?"
„Oh, Sie wissen nichts von Nigeria. Nigeria ist ein schlimmes Land. Ganz schlimm. Es gibt viele arme Leute und viel Hunger. Es gibt Banden, die überfallen und die Menschen ausrauben. Und Terroristen, die töten Christen. Man bekommt keine Arbeit und wir Frauen werden schlecht behandelt. Da werden Frauen entführt und die Stämme hassen sich. Wir wollen in Europa ein besseres Leben."
„Und woher ist Adventa gekommen?"
„Aus Lagos, aus dem Viertel Endogu. Da habe auch ich gewohnt. Aber wir haben uns in Endogu nicht gekannt. Es ist ein großes Stadtviertel mit vielen Menschen. Und fast alle haben keine Arbeit."
„Hat Ihnen Adventa erzählt, wo und wie sie dort gelebt hat?"

„Nein, sie sagte nur, dass ihr Elternhaus zwischen dem Meer und der Müllhalde steht. Und dass sie viele Geschwister hat und ihr Vater sehr früh verstorben ist."
„Wie lange haben Sie Adventa gekannt?"
„Vielleicht ein halbes Jahr, dann ist sie fortgegangen. Eine weiße Frau hat sie abgeholt."
„Was können Sie mir von Adventa erzählen, was für ein Mensch war sie?"
„Sie hat immer Spaß gemacht und hatte immer etwas zu tun. Sie hat viel gesungen und hat viel getanzt, sie kannte viele Lieder in unserer Sprache auswendig. Sie hat uns geholfen, wo sie konnte, denn sie sprach gut Deutsch."
Der Kommissar wandte sich der Nachbarin zu.
„Und Sie?"
„Ich bin eine Ibibio. Ich heiße Florence."
„Es ist ein schöner Name. Ihr Stamm liegt weit im Süden von Nigeria. Was hat Sie nach Deutschland verschlagen?"
Florence lachte und malte fast schwärmerisch aus:
„Es ist eine lange Geschichte. Ich war noch klein, vielleicht fünf oder sechs oder sieben Jahre alt. Da träumte ich, dass mir jemand ein Halsband umlegt, an dem sich ein großes Kreuz befindet. Das Kreuz lag auf meiner Brust, es war heiß und brannte sich in meine Haut ein. Ich wollte das Kreuz entfernen, aber es gelang mir nicht. Ich riss an dem Band, wollte es über den Kopf ziehen. Vergeblich. Als ich am frühen Morgen aufwachte sah ich, dass auf der Haut meiner Brust ein Kreuz sich eingeprägt hatte. Ich zeigte es meiner Mutter und sagte, dass ich nun eine Christin bin. Sie lachte mich aus. Ich hielt an meiner Überzeugung fest und kaufte mir später ein Silberkettchen mit dem Gekreuzigten als Anhänger. Meine Eltern schleppten mich zum Ahnenpriester, der sagte, ich sei verhext. Er beschwor mich, reinigte mich mit dem heiligen Wasser und bestrich mein Mal mit Salbe aus den Gebeinen der

Ahnen. Mein Mal blieb. Es wurde mein Makel. Ich wurde in unserem Dorfe geächtet und hatte deshalb nur noch den Wunsch, bei den Christen in Europa leben zu dürfen. Und deshalb bin ich hier. Sehen Sie selbst!"

Florence öffnete ihre Bluse, dem Kommissar boten sich zwei kleine, feste Brüste dar, zwischen denen an einem Silberkettchen ein Kruzifix angeschmiegt lag. Florence schob das Kreuz beiseite, darunter wurde auf der dunklen Haut deutlich weißgezeichnet das christliche Symbol sichtbar. Der Kommissar reagierte verlegen.

„Es ist fast wie ein Wunder und ich wünsche sehr, dass Sie von den Christen in Europa nicht enttäuscht werden."

Die Asylantinnen plauderten noch einige Zeit, dann bedankten sie sich und verließen aufgekratzt das Lokal. Dr. Hermann schaute ihnen nachdenklich nach.

„Herr Schneider, was nun?"

„Der Ball liegt bei Ihnen."

„Bei mir?"

„Nun ja, jetzt wissen wir, Adventa kommt aus dem Stadtteil Endogu von Lagos und wir wissen, wo ihr Elternhaus zu suchen ist. Das ist ein Anfang. Ich kann und darf nichts von Amts wegen unternehmen. Sie müssen sich entscheiden, ob Ihnen die Aufklärung des Falls einige tausend Euro wert ist."

„Haben Sie konkrete Vorstellungen, wie dabei vorzugehen ist?"

„Ja. Ich kenne einen sehr befähigten jungen Mann. Der ist aus der Kriminalpolizei entfernt worden, weil er bei einer Frau aus dem Milieu übergriffig geworden sein soll. Nun führt er Ermittlungen auf privater Schiene durch. Das ist ein schwieriger Job. Aber er wäre geeignet. Trotz seiner Vorgeschichte ist er sehr verlässlich und vertrauenswürdig. Er arbeitet auch sehr effizient. Er müsste in Lagos die Spur aufnehmen. Die Kosten tragen Sie."

„Welche Erfolgsaussichten haben wir?"

„Die sind gering, vielleicht eins zu fünf."

Dr. Hermann überlegte kurz. „Okay, ich zahle und Sie fädeln die Sache ein. Und die Sache bleibt zunächst unter uns."

Max Siegel war 35 Jahre alt und von kleiner und schmächtiger Körperstatur. Er war fanatischer Langläufer und Kickboxer. Er betrieb seit drei Jahren eine Privatdetektei und hatte sich auf unaufgeklärte Tötungsdelikte spezialisiert. Er saß im Flugzeug und studierte den Stadtplan von Lagos. Das Hotel „Lagos Orientel Hotel", in das er sich einquartiert hatte, liegt direkt am Niger. Der Jet flog vom Meer her den Airport von Lagos an. Der Himmel war wolkenlos und Max konnte beim Landeanflug die riesige Ausdehnung dieser Millionenmetropole erkennen. Als er nach der Landung dem Flugzeug entstieg, flog ihm eine feuchte Hitze entgegen, die Lufttemperatur mochte bei 32° Celsius liegen, die Luftfeuchtigkeit bei 90%. Es war hier Spätsommer und der Beginn der Regenzeit wurde in vier bis sechs Wochen erwartet. Max ließ die penible Passkontrolle über sich ergehen, er wartete mit Gleichmut am Transportband auf seinen Koffer und ließ sich dann mit einem Taxi zu seinem Hotel fahren. Sein reserviertes Zimmer war geräumig und bequem eingerichtet. Das Hotel verfügt über einen Außenpool und einen Fitnessraum. Es wird vor allem von risikofreudigen Touristen belegt, die eine Pauschalreise gebucht haben und sich von ihrem Urlaub versprechen, afrikanische Lebensart und das Land kennenzulernen. Die Stadt selbst ist ein Moloch, der alle Individualität verschlingt, sodass in diesem Gemenge von Menschen aus aller Herren Länder sich Max unauffällig und frei bewegen konnte. In den ersten zwei Tagen seines Aufenthaltes besichtigte Max die Sehenswürdigkeiten von Lagos, wovon es allerdings nicht viele gibt. In Lagos wird englisch gesprochen, seine weiße Hautfarbe blieb unbeachtet. Am dritten Tage fragte er sich nach Endogu durch. Er benutzte dabei die öffentlichen Verkehrsmittel und tauchte nach

zwei Stunden Busfahrt in eine Welt des Elends ein. Das Stadtviertel Endogu wird nur von Schwarzen bewohnt. Die Häuser sind klein, ebenerdig und schmutzig, die Straßen sind löchrig und mit Müll übersät. In den Nebenstraßen werden die Häuser von Wellblech- und Holzhütten abgelöst, auf provisorischen Gestellen oder auf Matten werden überall und an jedem Ort Obst, Fleisch- und Gemüsespeisen, Reisbällchen und Fischgerichte, gebrauchte Kleidung und Plastiksouvenirs angeboten. Die Bevölkerung scheint nur aus Kindern zu bestehen, die schreiend herumtoben, betteln, ihre Dienste anbieten. Max bemerkte, dass er mit seinem Outfit und seiner Hautfarbe Aufsehen erregte. Er spürte, wie ihn Augen aus allen Ecken folgten und beobachteten. Er verlor sehr bald die räumliche Orientierung und fragte wiederholt Passanten, in welcher Richtung die Mülldeponie liege. Er erhielt keine brauchbare Antwort. Man lachte, wandte sich von ihm ab oder hob bedauernd die Schultern und Arme. Schließlich entdeckte Max einen besser gekleideten jungen Mann, dem er sein Anliegen vortrug. Es entstand zwischen ihnen ein längeres Gespräch, in dem der Angesprochene sich bemühte, dem Europäer die Richtung und den Weg zur Müllhalde zu zeigen. Das Gespräch wurde von einem Polizeibeamten unterbrochen, der im barschen Ton Max aufforderte, ihm zur Polizeiwache zu folgen. Max widersprach nicht. Die Wache bestand aus einem schmuddeligen Raum und war möbliert mit einem Schreibtisch mit Stuhl und zwei Bänken, vor denen ein Tisch stand. Max wurde von einem älteren, grauhaarigen Herrn mit müden Augen begrüßt, der ihn mit einer Handgeste aufforderte, auf der Bank Platz zu nehmen.
„Darf ich Ihren Pass sehen?"
Max reichte ihm das Dokument.
„So, Sie kommen also aus Deutschland."
„Ja."

„Und was ist der Zweck Ihres Aufenthaltes?"
„Ich bin Tourist."
„So, so. Und da treiben Sie sich ausgerechnet in Endogu herum und sprechen junge Männer an?"
„Ich suche eine Familie."
„So, so. Wissen Sie, dass Homosexualität bei uns mit dem Tode bestraft werden kann?"
„Nein, das weiß ich nicht."
„Ich muss Sie verhaften. Sie haben einen uns bekannten Schwulen angesprochen. Gehen Sie Ihrer Perversion in Deutschland nach, verschonen Sie uns damit. Wie viel Geld haben Sie ihm geboten?"
„Ich bin nicht schwul und ich habe ihm kein Geld angeboten. Ich bin aber bereit, eine Ordnungsstrafe zu zahlen."
Max schob dem vernehmenden Polizeibeamten einen zehn Dollarschein über den Schreibtisch zu. Der nahm den Schein zögernd an, ließ das Geld durch seine Finger gleiten und nickte mit dem Kopf.
„So, so. Sie zeigen Einsicht und Reue. Ich nehme das Strafgeld an und verwarne Sie. Sie dürfen gehen."
Max blieb sitzen.
„Sie sind ein kluger Mann, ich brauche Ihre Hilfe. Nur Sie können mir helfen. Ich bitte nicht um Amtshilfe, denn ich bin auch keine Amtsperson. Ich bin Privatdetektiv."
Max entnahm aus seiner Brieftasche drei Fotografien von Adventa.
„Sehen Sie, das ist Adventa Achebe. Sie ist in Deutschland verstorben oder getötet worden. Uns ist bekannt, dass sie in Lagos, hier in Endogu, aufgewachsen ist. Ihre Familie soll zwischen dem Meer und der Müllhalde wohnen. Ich suche sie."
Ohne eine Antwort abzuwarten, legte Max fünf weitere zehn Dollarscheine auf den Tisch und fügte hinzu: „Finden wir ihre Eltern oder ihre Familienangehörigen, so ist mir das weitere

fünfzig Dollar wert."

Der Polizeibeamte betrachtete aufmerksam die Fotos von Adventa, eines nach dem anderen. Zusammen mit dem Geld steckte er eine Fotografie in seine Brusttasche.

„Wir wollen sehen, wir wollen sehen. Es braucht seine Zeit, viel Zeit. Mein Kollege und ich werden die Angelegenheit bearbeiten. Wir werden kein Protokoll anfertigen, aber wir werden der Sache sehr intensiv nachgehen. Kommen Sie täglich abends bei mir vorbei, wenn es etwas kühler geworden ist. Und haben Sie Geduld." Er schüttelte Max die Hand und begleitete ihn vor die Tür.

„Richtung Osten, eine Stunde mit dem Auto, da befindet sich die größte Müllkippe von Lagos. Seien Sie vorsichtig. Hier gibt es sehr schnell Tote."

Max kehrte in sein Hotel zurück und bestellte sich an der Rezeption für den nächsten Tag ein Taxi.

Die Müllkippe von Lagos ist angelegt in einem Tal, das sich weit außerhalb der Stadt befindet. Die Müllwagen fahren bis zum Rand des Müllberges und entladen sich dort. Bagger schieben den Müll weiter, der sich teils bergab wälzt, teils zur Plateaubildung beiträgt. Unterhalb der Abladestellen sammeln sich Hunderte von Menschen. Sie haben alle Plastiksäcke oder andere Behältnisse bei sich und durchstöbern in der Regel mit einem Eisenhaken den frisch abgeworfenen Müll nach brauchbaren Materialien. Dabei spezialisieren sich erkennbar die Menschen auf ein bestimmtes Sammelgut, etwa Flaschen, Kupfer, Kleidung, Elektrogeräte und anderes. Es sind die Ärmsten der Armen, die durch den Verkauf ihrer Fundstücke sich täglich wenige Naira verdienen und davon leben müssen. Unweit der Deponie, da wo der Gestank nicht mehr so durchdringend ist, haben sich Menschen angesiedelt. Sie wohnen in Zelten, Kappkartons, Holzverschlägen. Die Wohlha-

benderen haben sich Wellblechhütten errichtet, in denen auf kleinstem Raum viele Menschen vegetieren. Die Kranken und die Schwachen können sich solchen Luxus nicht leisten, sie schlafen unter dem freien Himmel auf Plastikhüllen, Wolldecken oder ohne Schutz auf der nackten Erde, Wind und Wetter ausgeliefert. Max durchkämmte systematisch dieses Terrain, hielt Menschen das Bild von Adventa vor, aber keiner kannte sie. Er sprach wie verabredet jeden Abend bei seinen polizeilichen Helfern vor. Am 15. Tag seines Aufenthaltes buchte er den Rückflug in drei Tagen nach Deutschland. Er glaubte nicht mehr an den Erfolg seiner Unternehmung. Als er am vorletzten Tag gegen 20 Uhr den Wachraum betrat, erschienen ihm die Beamten, deren Namen er noch nicht einmal kannte, verändert. Der Ältere war erkennbar hochgestimmt. Der jüngere Beamte hatte einen triumphierenden Gesichtsausdruck. Der Ältere begann umständlich zu berichten:
„Wir haben lange Zeit vergebens gesucht und Leute befragt. Bei uns gibt es leider nur ein fragmentarisches Einwohnermeldeamt. Was tun? Da fiel mir ein, dass ein weißer Arzt ab und zu nach Endogu kommt und Kranke behandelt. Also leitete ich eine Fahndung nach dem weißen Arzt ein. Ich behauptete, er habe ein schwarzes Kind nach Europa verkauft. Die befragten Leute waren darüber sehr böse und halfen mir. Sie haben mir seinen Namen genannt und seine Anschrift. Wir sind heute zu ihm gefahren und haben ihm das Bild von Adventa gezeigt. Er kennt sie und ihre Familie sehr gut und hat uns viel von Adventa erzählt. Sie werden staunen. Mister Max, wie steht es mit der Belohnung?"
Max verstand und zahlte mehr, als abgemacht - nämlich zweihundert Dollar.
„Also der Arzt heißt Dr. Grotjan. Er ist Missionsarzt und Deutscher. Er erwartet Sie in einer halben Stunde, Monroestreet 46, er wohnt dort."
Max bedankte sich überschwänglich und machte sich in freudiger

Erregung auf den Weg zu Dr. Grotjan. Der begrüßte ihn vor der Haustür mit warmen Worten: „Herzlich willkommen. Uns besuchen nur selten Landsleute, Sie glauben nicht, wie stark es mich bewegt, nach langer Zeit wieder einmal unsere Muttersprache hören und sprechen zu dürfen." Er führte seinen Gast ins Wohnzimmer und bot ihm dort Snacks und Eistee an. „Es ist Ihnen vielleicht unbekannt, aber wir Adventisten trinken keinen Alkohol. Bitte nehmen Sie Platz."

Max trug ohne Umschweife sein Anliegen vor.

„Entschuldigen Sie, wenn ich mit der Tür ins Haus falle. Ich lege Ihnen einige Fotografien vor. Kennen Sie von den Abgebildeten jemanden?"

Dr. Grotjan betrachtete sich Bild nach Bild.

„Das sind zwei Fotos von Adventa, auf diesen Bildern erkenne ich Adventa, ihre Mutter, ihre Tante, drei ihrer Schwestern. Und die restlichen Bilder zeigen Adventa, das sind wohl Freundinnen von ihr und das hier, das sind Mitglieder unserer kirchlichen Gemeinde. Und das ist ihr verstorbener Ehemann. Aber worum geht es eigentlich?"

„Meinen Namen kennen Sie. Ich bin Privatdetektiv. Adventa wurde vor sechs Wochen in ihrer Wohnung tot aufgefunden. Hinweise für ein Gewaltverbrechen gibt es nicht, aber ihr Freund und der ermittelnde Kriminalkommissar glauben, dass Adventa ermordet wurde. Von Adventa wissen wir so gut wie nichts, deshalb bin ich hier. Mir scheint, dass Adventa Ihnen bekannt ist. Können Sie mir von ihr erzählen?"

Dr. Grotjan lehnte sich in seinen Stuhl zurück.

„Natürlich kann ich. Ich muss aber etwas ausholen. Ich gehöre der Freikirche der Siebenten-Tags-Adventisten an. Wir haben unter anderem ein eigenes Gottesverständnis, ein eigenes Bibelverständnis von der Endzeit und vom christlichen Lebensstil. Nach meinem Studium und meiner ärztlichen Facharztausbildung habe ich mich verpflichtet, für sieben Jahre ohne Bezahlung für unsere Gemeinschaft als Missionsarzt in Afrika tätig zu werden. Ich behandelte im Bundesstaat Lagos, in unserem Krankenhaus in Lagos und in den Außenbezirken von Lagos als Augenarzt Patienten. Natürlich predige ich auch. Uns ist es sehr wichtig, die frohe Botschaft unseres Glaubens den Menschen nahezubringen. Nach den Jahren freiwilliger Missionstätigkeit habe ich mich von unserer Kirche als Arzt anstellen lassen. Vor etwa 30 Jahren bin ich in den Außenbezirk Endogu zu einem Notfall gefahren. Ich ging durch eine dieser allerelendigsten Straßen, als ich lautes Geschrei, eine schrille Frauenstimme und Männergebrüll hörte. Kinder und Erwachsene ergriffen mich an den Armen, sie schrien „Hilf" und zerrten mich in eine Hütte. Da stand eine Frau vor einer Wand, hinter ihr lag auf dem Erdboden auf einer Decke ein Baby. Die Frau zitterte am ganzen Körper. Die Frau schluchzte und kreischte mit sich überschlagender Stimme. Es ist mein Kind, ich gebe es nicht her, nein, nein. Vor ihr standen zwei Männer mit einem Karton. Der eine schrie außer sich, du dumme Kuh, du dämliches Weib, was willst du. Stell dich nicht so an. Wir müssen es tun. Der andere versuchte zu beruhigen. Mata, gib uns das Kind. Du hast vier Jungen und sechs Töchter. Was willst du mit der siebten Tochter? Es ist nur ein Mädchen, wer soll es ernähren? Es kostet nur Geld und taugt zu nichts. Gib uns das Kind, wir machen es wie immer, es wird nichts merken. Er bewegte sich einen Schritt auf Mata zu. Sie ergriff ein Messer, hielt es drohend gegen den Mann und sprach plötzlich gefasst, drohend und kühl. Komm näher, du wirst eher tot sein als mein Kind. Ich begriff, dass das Neugeborene nach altem Brauch lebend begraben werden sollte, weil es ein überzähliges Mädchen war. Ich zwängte mich zwischen die Frau und die Männer. Lasst das Kind leben. Das Gesetz bestraft das Abtöten von Neugeborenen als Totschlag. Die Männer lachten. Natürlich das Gesetz. Gibt uns das Gesetz zu

essen, gibt es uns Wohnraum, gibt es uns Kleidung? Ich appellierte. Das Leben ist heilig, es wird uns von Gott gegeben, nur er darf es nehmen. Die Antwort beschämte mich und machte mich sprachlos. Was macht ihr in Europa? Ihr zerstückelt eure Babys schon im Mutterleib, das millionenfach und ohne Not. Und uns wollt ihr Moral beibringen. Mir kam ein rettender Gedanke. Ich schlug vor, ich gebe euch fünfzig Dollar und Mata erhält für das Kind von nun an monatlich zehn Dollar von mir, bis es erwachsen ist. Die Männer zeigten sich verlegen und etwas ratlos, ich steckte ihnen die Dollar zu und das wirkte, wie es hier immer wirkt. Sie verließen schweigend die Hütte. Die Kindesmutter, Mata Achebe, umarmte mich und weinte sich an meiner Brust aus. Sie wollte sich dankbar erweisen. Doktor, mein Kind soll Christin werden. Ich habe gehört, dass ihr Christen sagt, dass die Liebe das höchste Gut ist, für das sich zu leben lohnt. In drei Wochen bringe ich euch mein Kind zur Taufe. Ich wehrte ab. Nein, Mata, wir Adventisten taufen erst, wenn der Mensch erwachsen ist und frei aus eigener Überzeugung für die Nachfolge Jesu sich entscheiden kann. Sie ließ sich aber nicht beirren. Doktor, wie nennt sich eure Kirche? Wir sind Adventisten. Adventus heißt Ankunft. Wir erwarten die baldige Wiederkunft Christi. Mata strahlte.
Wunderbar, dann soll meine Tochter Adventa heißen, die zu leben und zu lieben angekommen ist. Sie hob ihre Adventa auf und stillte das weinende Kind."
Dr. Grotjan hielt mit seinem Bericht inne. Die Erinnerungsbilder bewegten ihn. Seine Stimme versagte. Nach einer Weile fuhr er fort:
„Mata kam in der Folgezeit jeden Sabbat zu unserem Gottesdienst. Sie ließ sich taufen und überzeugte viele Menschen von unserem Glaubensinhalt. Unser Gottesdienst besteht vor allem aus der Bibelstunde, der Predigt und dem Gebet. Wir Europäer widmen uns dabei sehr ernst, nachdenklich und kritisch unseren

Glaubensinhalten zu. Mit Mata und ihren schwarzen Brüdern und Schwestern entdeckte ich eine neue Religiosität. Sie wollten nicht tiefsinnige Gedanken hören, sie sangen vielstimmig, jubelten, klatschten, tanzten im Gottesdienst aus Dankbarkeit und aus Ehrfurcht vor Gott. Ihre Spiritualität ist emotional, irrational und unzerlegbar und allumfassend. Ihre Spiritualität hält sie am Leben. Dabei leiden sie Not und haben oft nicht ihr tägliches Brot. Mata ist verheiratet. Ihr Mann ist Hafenmeister. Er hat noch drei weitere Frauen und insgesamt 32 Kinder. Er nächtigt gelegentlich bei Mata und lässt ihr dann einige Naira zurück. Sie muss also ihre Familie allein ernähren. Sie kocht Reis und Gemüse und verkauft in kleinen Schälchen auf der Straße ihr Produkt. Adventa entwickelte sich prächtig. Sie war ein fröhliches und aufgewecktes Kind. Mit fünf Jahren begleitete sie ihre älteren Geschwister zur Mülldeponie, um dort verwertbare Dinge zu sammeln und beim Schrotthändler oder sonst wo sie zu verkaufen. Die Kinder brauchten für einen Weg zur Deponie gut 1 ½ Stunden, und arbeiteten dort zwischen fünf und sieben Stunden im Abfall. Wenn Mata etwas Geld angespart hatte, bezahlte sie davon Unterrichtsstunden, so dass Adventa vom 7./8. Lebensjahr an unregelmäßig die Schule besuchte. Sie lernte leicht und konnte bald lesen, rechnen und schreiben. Nach dem 10. Lebensjahr las sie in unserer Adventsgemeinde öfter am Sabbat die Bibeltexte der Woche vor. Es machte sie sehr stolz. Mit 13 Jahren ließ sie sich taufen. Für mich überraschend teilte mir Mata eines Tages mit, Adventa sei nun mit 14 Jahren eine reife Frau. Ein wohlhabender Mann wolle sie heiraten. Er sei zwar schon sehr alt, aber er habe ihr ein hohes Brautgeld versprochen. Ich riet von der Heirat ab, die Familie nahm es mir übel. Wir gingen im Streit auseinander. Einige Wochen später kam Mata an einem Wochentag aufgelöst zu mir ins Krankenhaus. Sie flehte mich an zu helfen, Adventa liege im Sterben. Ich fuhr sofort mit dem Auto zu Matas Hütte.

Adventa lag bewusstlos und hochfiebrig auf dem Fußboden, Betten konnte sich die Familie nicht leisten. Ich trug dieses kleine Mädchen zu meinem Auto und raste mit ihr in unser Krankenhaus. Mit Gottes Hilfe überlebte sie. Sie vertraute sich mir an. Ihr zukünftiger Ehemann habe darauf bestanden, dass sie noch vor der Heirat nach alter Sitte beschnitten werde. Sie habe sich seinem Wunsche gefügt. Im Zelt des Medizinmanns, nahe dem südlichen Mangrovenwald, sei dann diese schreckliche Prozedur vollzogen worden. Sie habe sich entkleiden und niederlegen müssen. Der Medizinmann habe das Beschneidungsritual zelebriert. Er habe zwischen ihre Brüste einen Stab, zwei Eier und eine Schnecke als Fruchtbarkeitssymbol gelegt und sie mit Rauchkolben umnebelt. Vier Männer mit Masken hätten ihre Arme und Beine auf den Boden fixiert, der Schamane habe sich zwischen ihre Beine gekniet, mit zwei Fingern die Klitoris etwas angehoben und sie mit einem Messer aus dem Fleisch geschnitten. Die Schmerzen seien fürchterlich gewesen. Sie habe sich aufgebäumt, habe geschrien und versucht, sich zu befreien. Irgendwann habe sie das Bewusstsein verloren. In der Hütte der Mutter sei sie aufgewacht. Zwei Tage habe sie sich nicht bewegen können, dann sei das Fieber gekommen." Max hatte von solchen Gepflogenheiten in Afrika noch nie gehört.

„Und was soll diese Tortur bewirken?"

„Das habe ich Adventa auch gefragt. Sie sagte, sie sei auf diese Weise eine ehrbare Frau geworden. Beim Geschlechtsverkehr habe sie keine Lustgefühle und ihr Mann könne sicher sein, dass sie sich weder real noch in der Fantasie mit anderen Männern einlasse. Da sie keinen Orgasmus bekomme und damit keinen körperlichen Erschöpfungszustand, könne sie so lange auf ihrem Mann reiten, wie er es wünsche. Und das sei bei alten Männern doch sehr wichtig. Nun, sie lebte etwa zwei Jahre mit ihrem Mann und seinen drei weiteren Ehefrauen zusammen. Sie war durchaus zufrieden mit diesem Leben, sie litt keine Not."

Das Gespräch wurde unterbrochen, als vier Kinder des Arztes in den Raum stürmten und ihren Vater trotz aller Ermahnung in Beschlag nahmen. Auf seine Bitte erhielt Max die Anschriften zweier Geschwister von Adventa. Arzt und Detektiv verabredeten sich, am nächsten Tag zur Mutter von Adventa zu fahren.

Die Begrüßung von Mata und Dr. Grotjan war herzlich. Sie umarmten sich. „Oh Bruder Horst, seid willkommen. Darf ich euch Tee anbieten?"

„Danke, Schwester Mata, wir kommen aus traurigem Anlass."

Die Stimme des Missionars war wenig moduliert, der Tonfall leise. „Schwester Mata, deine Tochter Adventa ist eingeschlafen. Sie wird auferstehen bei der Wiederkunft Christi. Das soll dich trösten. Am kommenden Sabbat werden wir in der Gemeinde ihrer gedenken."

Mata schien einige Augenblick benommen. Dann setzte sie sich auf eine Matte. Max trat hinzu und öffnete den mitgebrachten Koffer mit den Habseligkeiten von Adventa.

„Mata, das sind Sachen von deiner Tochter."

Mata griff mechanisch in den Koffer, entnahm ihm einen Pullover und bettete ihn in ihre Arme wie ein Baby. Sie wiegte ihren Körper und begann schluchzend und klagend in ihrer Muttersprache zu singen.

Großer Gott, ich lobe dich,
Herr, ich preise deine Stärke,
vor dir neigt die Erde sich
und bewundert deine Werke.
Wie du warst vor aller Zeit, so bleibst du in Ewigkeit.

Sie sang eine Strophe nach der anderen, Tränen flossen ihr unaufhaltsam über das Gesicht und benetzten Adventa in ihren Armen. Dr. Grotjan hatte sich niedergekniet und betete, Max kämpfte gegen seine Rührung vergeblich an, wandte sich ab und verließ das Haus. Er entschloss sich, die ältere Schwester von Adventa aufzusuchen. Um keine Zeit zu verlieren, stoppte er ein Motorradtaxi und nannte sein Ziel. Als der Taxifahrer vor einer Ampel halten musste, stand plötzlich ein Mann vor Max, hielt diskret eine Pistole auf ihn gerichtet und forderte mit freundlicher Stimme und lächelndem Gesicht: „Money". Der Taxifahrer schien nichts zu bemerken. Max griff in seine Hosentasche und händigte dem Räuber wortlos 500 Naira aus, der ihm noch einen schönen Tag wünschte.

Aayana, die ewige Blüte, wohnte mit ihrem Mann, einem Staatsangestellten, und mit drei Kinder im Stadtbezirk Oje in einem Mietshaus. Es bedurfte langer Erklärungen an der Sprechanlage, bis Max von Aayana ins Haus eingelassen wurde. Aayana wusste bereits vom Tod ihrer Schwester, sie hatte sich Trauerkleidung angelegt, blieb aber während des Gesprächs ruhig und gefasst. Sie schilderte, wie sie Adventa beibrachte, wertvolle Funde auf der Müllhalde zu erkennen, wie sie gemeinsam nachts aus dem Haus schlichen, um die Erwachsenen zu belauschen, die am Lagerfeuer und bei Trommelmusik sich Geschichten erzählten. „Adventa hörte als Kind gerne Märchen, am liebsten das Märchen von der kleinen, aber klugen Bilki. Ich will es Ihnen vortragen. Die Eltern von Bilki waren sehr arm. Sie lebten am Rande der Savanne. Bilki stand jeden Tag früh auf, um in der Savanne nach der Mirakelfrucht zu suchen, die als Heilpflanze bei den Menschen sehr begehrt ist. Einmal pflückte sie gerade die Wunderbeeren der Pflanze. Als sie aufblickte, stand vor ihr ein mächtiger Löwe. Er sprach mit geschwollener Brust, ich bin der König der Tiere, der mächtigste und klügste weit und breit. Du bist in meinen Herrschaftsbereich ohne Erlaubnis eingedrungen und bestiehlst mich noch. Ich werde dich deshalb bestrafen und dich fressen. Natürlich war Bilki zu Tode erschrocken, aber sie besann

sich sehr schnell. Nein, du lieber Löwe, du bist nicht der mächtigste, klügste und schönste Löwe, ich sammele die Wunderbeere für einen Löwen, der behauptet, dass er dich in allen Dingen übertrifft. Er sagt, er ist der wahre König, schöner, klüger und mächtiger als du.
Da riss der Löwe sein Maul auf, schüttelte seine Mähne und brüllte Schrecken erregend: Wo ist dieses Großmaul, der mir meine Macht streitig macht? Bilki antwortete demütig und listig: Wenn du dich nicht fürchtest, werde ich dich zu ihm führen. Folge mir. Sie lotste ihn zu einem tiefen Brunnen. Schau hinein, da ist seine Höhle. Der Löwe tat, wie ihm geheißen. Da sah er im Wasser einen großen und prächtigen Löwen. Er fletschte die Zähne, sein Gegenüber tat dasselbe. Er stieß wüste Drohungen aus, sein Gegenüber wiederholte sie. Da überkam ihn soviel Wut und Zorn, dass er mit einem Riesensatz in den Brunnen sprang, um seinen Widersacher zu töten. Er fiel in die Tiefe und ertrank. Und an dieses Märchen konnte sich Adventa nicht satt hören." Max schmunzelte.
„War Adventa klug?"
„Ja, sie war klug und stark."
„Und wie kam sie nach Deutschland?"
„Adventa war nur wenige Jahre verheiratet, dann starb ihr Mann. Als vierte Frau ihres Mannes hatte sie keinen Anspruch auf Alimente. Sie ging zur Mutter zurück und lernte bei einer Bekannten zu schneidern. Sie beherrschte das Handwerk nach kurzer Zeit, aber sie verdiente sehr wenig. Eines Tages kam eine weiße Frau aus England in das Geschäft und ließ sich eine landestypische Tracht von Adventa anfertigen. Die weiße Frau behandelte Adventa sehr verständnisvoll und warmherzig. Sie lud Adventa zu Kaffee und Kuchen ein, war großzügig mit Geschenken und malte aus, wie gut es sich in Europa lebe. Mit ihren handwerklichen Fähigkeiten könne Adventa viel Geld verdienen.

Die weiße Frau erklärte sich bereit, für Adventa Pass und Visum für Deutschland zu besorgen und ihr dort Arbeit zu vermitteln. Meine Schwester besprach mit mir das Angebot. Sie war davon begeistert und ich riet ihr, sich diese Chance nicht entgehen zu lassen. Die weiße Frau war deutlich älter als wir und deshalb sprachen wir sie unserem Brauch gemäß mit Tante an. Ich trug Tante Jennifer vor, dass auch ich nach Europa auswandern wolle. Sie hörte mir geduldig und aufmerksam zu und erläuterte freimütig und aufrichtig, wie schwer es sei, die erforderlichen Dokumente zu beschaffen. Sie müsse dafür viel Geld aufbringen, das wir später von unserem Verdienst zurückzahlen müssten. Wir versicherten, dass wir alle von ihr geforderten Bedingungen erfüllen würden. Wir waren voller Tatendrang und unternehmungslustig. Bedenken Sie, Adventa war damals 19 Jahre und ich 21 Jahre alt. Wir waren ohne Arg und List. Bei einem Treffen instruierte uns Tante Jennifer, dass wir am nächsten Tag mit unserer Habe in die Hafenstraße 86 kommen sollten. Dort waren bereits drei Mädchen unseres Alters versammelt. Auch sie wollten ausreisen. Wir wurden schnell zu geschwätzigen und gut gelaunten Freundinnen. Tante Jennifer traf nachmittags in der Wohnung ein, in der wir uns aufhielten. Sie fuhr mit uns in die Stadt, kaufte uns Kleidung, die wir uns aussuchen durften. Von uns wurden in den nachfolgenden Tagen Fotos, Geburtsurkunden und andere Dokumente gefertigt. Wir unterschrieben einen Vertrag, in dem wir bestätigten, dass wir der Tante Jennifer viel Geld schulden und es ihr in Europa in Raten zurückzahlen werden. Sie kündigte an, dass wir demnächst unsere Abmachung beschwören müssten. So kam es auch. Sie geleitete uns zu einem Haus in unmittelbarer Nähe. Dort begrüßte uns eine ältere Dame und wies uns in ein großes, abgedunkeltes Zimmer. An den Wänden hingen Masken, knöcherne und eingetrocknete Schädel von Menschen und Tieren. Vor einem großen Schrein stand ein

Tisch mit Fetischen. Ich wusste, dass es Ahnenreliquien sind, mit deren Hilfe die Geisterwelt gebannt und magische Kräfte dienstbar gemacht werden. Ein Mädchen von uns flüsterte „Voodoo" und mir schien mein Herz still zu stehen, als ein Voodoopriester mit roter Tunika, roter Perücke und rot gefärbtem Gesicht den Raum durch eine Nebentür betrat. Für uns ist weiß die Farbe der Freude, des Friedens und der Liebe, rot ist die Farbe der Gefahr, des Kampfes und des Schreckens. Der Schamane schritt um den Tisch, schlug zwei Steine rhythmisch aufeinander, sprach in einer Sprache, die ich nicht verstand. Er drehte sich um sich, sank in sich zusammen und stieß unheimliche Laute aus. Ich sah, wie seine Bewegungen, seine Augen, sein Gesicht, sein Körper sich verwandelten, er etwas ausstrahlte, dass sich im Raum verdichtete und sich unser bemächtigte. Mir war, als ob ich in die Unwirklichkeit eintauche. Ich nahm alles wahr und verlor doch mein Ich. Ich wurde gelenkt und bestimmt von unsichtbaren Kräften. Ich begriff, der Schamane und ich waren im großen Geist Maniton vereint. Der Priester nannte meinen Namen, ich trat zu ihm. Er fragte, ob ich gewillt bin, den Vertrag mit Tante Jennifer zu erfüllen und darauf zu schwören. Ich bejahte es. Er entnahm dem Schrein eine Strohpuppe, schnitt mir kommentarlos eine Haarlocke und Fingernägel ab und steckte sie in den Puppenkörper. Er ritzte mit seinem Messer meinen Unterarm leicht auf und beschmierte die Puppe mit meinem Blut. Monoton tönte aus ihm heraus: „Du bist die Puppe, die Puppe bist du. Hälst du nicht deinen Schwur, wirst du schreckliche Qualen erleiden und wirst erbärmlich sterben. Deine Seele wird ruhelos wandern und zu keinem neuen Leben erwachen, dein Körper wird langsam verfaulen wie dieses Fleisch." Er drehte sich um und hob den Deckel eines Behälters, in dem ein Stück Fleisch lag, das fürchterlich stank und auf dem sich Maden und Würmer aalten. Mir schauderte. Ich kam erst in unserer Gemeinschaftswohnung wieder zu mir. Ich erkrankte und wurde deshalb zu unserer Mutter zurückgebracht. Eine Woche später erfuhr ich, dass Adventa bereits abgereist sei. Ich lernte meinen Mann bald darauf kennen und heiratete. Adventa schickte unserer Familie in den letzten drei bis vier Jahren öfter Geld, viel Geld. Das ist alles, was ich Ihnen erzählen kann."

Max ließ sich von Adventas Schwester den Weg zum Haus des Priesters beschreiben. Er fand es ohne allzu große Mühe. Das Anwesen lag im Norden der Stadt in einem gepflegten Wohnviertel, hatte einen kleinen Vorgarten, war solide gebaut. Er klingelte, nach einer Weile öffnete ein hochgewachsener, gut gekleideter, leicht angegrauter Mann die Tür. Max stellte sich vor.
„Mein Name ist Siegel, ich komme aus Deutschland. Hier soll ein Priester oder Zauberer wohnen, ich würde ihn gern sprechen."
Der Mann lächelte nachsichtig.
„Ja, ich bin Doktor Okoye. Treten Sie bitte näher."
Der Priester ging voraus und Max folgte ihm verdattert in ein europäisch elegant eingerichtetes Zimmer. Dr. Okoye servierte ihm ohne zu fragen Wasser und plauderte dabei frei und ungezwungen. „Ich merke, dass Ihre Wortwahl Sie peinlich berührt. Das braucht es aber nicht. Europäer bezeichnen mich gern als Hexer, Beschwörer, Medizinmann, Schamane, Zauberer oder Priester und haben dabei ihr eigenen Vorstellungen. Ich stamme vom Volke der Igbo aus dem Nigerdelta. Mein Großvater war ein sehr weiser und begnadeter Arzt, Sie würden sagen, Medizinmann. Er hatte Verbindung zu den Göttern, Geistern und Dämonen und nutzte seine Fähigkeiten uneigennützig zum Wohle der Menschen. Er lehrte mich, dass der Universalgeist, die Universalseele, ewig und umfassend ist und dass ihm alles Sein entspringt. Tote Materie, Pflanzen, Tiere, Menschen und Geister sind Inkarnationen des Absoluten auf unterschiedlichen Ent-

wicklungsstufen. Mein Großvater hat mich gelehrt, in die Geisterwelt, die höchste Entwicklungsstufe einzudringen und kurzzeitig Teil ihrer Kraft zu sein. Durch übernatürliche Berufung, durch geistigen Tod und geistige Wiedergeburt trete ich in die Spiritualität des Lebens ein und nehme die Essenz meiner Loa in mich auf. Mein Vater war hierfür nicht begnadet. Mein Großvater hat darauf bestanden, dass ich in England die europäischen Religionen und Kulturen kennenlerne und Medizin und Philosophie studiere. Ich habe über Gemeinsamkeiten und Differenzen der Philosophie von Leibnitz und der afrikanischen Religionsphilosophie promoviert. Um darüber zu diskutieren, deswegen sind Sie wohl nicht hier. Was kann ich für Sie tun?"
Max trug ihm sein Anliegen vor. „Können Sie sich erinnern, vor etwa 10 Jahren für eine weiße Frau, vermutlich einer Engländerin, mehrere Mädchen den Eid abgenommen zu haben?"
„Ja, ich erinnere mich. Es waren mehrere junge Mädchen. Noch heute nehme ich Damen den Eid ab, die emigrieren wollen. Mit Frau Jennifer Okan arbeite ich noch immer zusammen. Sie schickt mir Mädchen, die sie als Kindermädchen oder Haushaltshilfe in wohlhabende englische Familien vermittelt. Weil diese Mädchen kein Geld für die Reisekosten, Visagebühren und anderes haben, will sie sicher sein, dass sie das Geld, dass sie diesen Mädchen vorstreckt, auch zurückerhält. Es ist Ihnen gewiss nicht entgangen, dass wir in Nigeria problematische Verhältnisse haben. In Deutschland geht man in solchen Fällen zu einem Notar, dort wird der Vertrag beurkundet und verwahrt und dessen Erfüllung bei Nichteinhaltung vor Gericht erstritten. Hier ist das nicht möglich. Richter, Beamte und Polizei sind korrupt, es herrscht kein verlässliches Recht. Natürlich kann man einwenden, dass Liebe, Hunger, Geld und Macht grundsätzlich keine Moral kennen. Das gilt für alle Menschen. Ich bin hier eine Instanz von Recht und Moral, denn was man mir in Gegenwart der Geister schwört, wird

eingehalten. Wenn die Mädchen bei mir schwören, dass sie ihre Schulden vereinbarungsgemäß tilgen werden, dann tun sie das auch."

„Ist es nicht anmaßend zu glauben, sich Götter nutzbar machen zu können?"

„Alles ist verbunden mit der kosmischen Seele. Nur im Gleichklang mit dieser Urkraft des Seins bestehen wir die Anforderungen des Lebens."

„Aber Sie sprechen von Ihrer Nähe zu Gott, ist das nicht überheblich?"

„Augustin hat geschrieben, wer Gott begegnen will, muss sich versenken in die Tiefe seiner eigenen Seele, muss sich selbst aufgeben und verschmelzen mit der göttlichen Dimension, die Zeit und Raum nicht kennt. Auch Christen wissen, dass menschliche Begrenztheit überwindbar ist."

Max fühlte sich verlegen, denn er wusste nichts vom Gedankenschatz des Augustin. Er lenkte ab.

„Wie oft nehmen Sie solche Beurkundungen vor?"

„Sehr oft. Aber nicht nur das. Ich werde zu Hochzeiten und zum Regenmachen gerufen, zu Geburten, zu Kranken und zu Sterbenden."

„Können Sie sich an weitere Namen der Mädchen erinnern, die zusammen mit Adventa den Schwur abgelegt haben?"

„Ja, da war eine Anwuli Sunita, die hat während der Zeremonie immer gelacht. Sie hat mich auch gebeten, ihre Eltern zu benachrichtigen, dass sie nach Europa gefahren sei und dass es ihr gut gehe. Die Menschen kommen täglich zu Hunderten aus dem Umland nach Lagos. Sie flüchten vor der Not in das Elend. Europa ist für sie das gelobte Land. Adventa wollte sich dort verkaufen."

Max bedankte sich bei Dr. Okoye. Er war überzeugt, hinreichend Hintergrundwissen gesammelt zu haben, um den weiteren

Lebensweg von Adventa in Deutschland verfolgen zu können. Er flog am nächsten Tag nach Frankfurt, meldete sich beim Kriminalhauptkommissar Schneider zurück und verabredete sich mit ihm für den nächsten Tag im Cafe Juicy Bar in Dortmund.

Max überraschte es ein wenig, dass Hauptkommissar Schneider den Rechtsanwalt Dr. Hermann zum vereinbarten Treff mitbrachte. Max unterrichtete beide Herren kurz und knapp vom Ergebnis seiner Nachforschungen. Er schloss mit den Worten: „Wir haben den Anfang des Fadens gefunden, der zu Adventa und ihren rätselhaften Tod führen kann. Jetzt müssen Sie entscheiden, ob wir die Spur weiter verfolgen oder nicht. Es gibt den Namen eines Mädchens, machen wir sie ausfindig, lichtet sich vielleicht das Dunkel um Adventa weiter." Die Herren diskutierten das Vorgehen, erwogen das Für und Wider und entschlossen sich, Max zu beauftragen, weitere Erkundigungen vorzunehmen. Man überlegte, ob über das Einwohnermeldeamt, die Ausländerbehörde, das Bundeszentralregister oder kirchliche Helferkreise vielleicht der Aufenthalt von Anwuli Sunita zu erfahren sei. Max ahnte, dass der Weg über offizielle Stellen wenig Erfolg bringen würde. Wenn Adventa sich in Dortmund und Essen prostituiert hatte, so könnte Anwuli ebenfalls dem Gewerbe nachgehen. Er begann seine Suche in Dortmund. Er frequentierte Klubs und Eros Center und fragte nach Anwuli Sunita. Er forschte in Essen, Bochum, Hagen, Düsseldorf, ohne Erfolg. An einem Sonntag fuhr er zum Kettwiger See. Auf dem Weg dorthin, es war der frühe Nachmittag, entdeckte er ein Schild, das zum Club „Der Freudenschrei" wies. Er fuhr zu dem Etablissement. Die roten Lichter brannten, er betrat den Club und erwarb eine Mitgliedskarte. Der Empfangsraum war halb verdunkelt und mit Rauchtischchen und bequemen Sesseln ausgestattet. Die Wände waren behangen mit Bildern impressionistischer Maler. In einer

Ecke saßen zwei Mädchen gelangweilt und nippten an einem Aperitifglas. Gäste waren nicht anwesend. Max ließ sich in einen Sessel fallen. Ein Mädchen kam und fragte, ob er etwas zu trinken wünsche und ob sie ihm einen Wunsch erfüllen könne. Max erklärte auf gut Glück: „Bringen Sie mir einen Wodka-Gin und wenn möglich eine Afrikanerin zur Unterhaltung."

Die Antworte elektrisierte ihn. „Die arbeitet noch, in einer halben Stunde wird sie bei Ihnen sein."

Max wartete geduldig. Nach 20 Minuten betrat eine kleine, pummelige Farbige mit platter und breiter Nase, gekräuselten schwarzen Haaren und übergroßem Busen durch eine Nebentür den Raum. Sie war mit einem langen Rock und einem Mini-BH bekleidet. Sie setzte sich neben Max.

„Sie haben nach mir gefragt?"

„Ja, ich finde Sie sehr hübsch."

„Danke, nicht alle Männer behandeln mich so höflich."

„Wo kommen Sie her, aus welchem Land?"

„Aus Nigeria."

„Und aus welchem Landesteil?"

„Vom Norden, vom Tschadsee."

„Dieses Gebiet kenne ich nicht, es muss sehr schön sein."

„Ja, das ist es und das Klima ist gut. Aber dort gibt es viele böse Menschen, sie töten. Und wo waren Sie in Nigeria?"

„Nur in der Stadt Lagos."

„Waren Sie Tourist?"

„Nein, ich habe dort eine Frau gesucht. Aber sie ist tot. Und jetzt suche ich Anwuli Sunita. Kennen Sie vielleicht Anwuli Sunita?"

Die Schwarze blickte scheu um sich.

„Wollen Sie mit mir aufs Zimmer gehen?"

Max bejahte. Im Zimmer legte Max drei Bilder von Adventa aus.

„Mein Name ist Max Siegel, und wie heißen Sie?"

„Ich heiße Anwuli Bäumer."

„Bäumer ist kein nigerianischer Name."
„Nein, mein Familienname ist Sunita. Ich bin die Frau, die Sie suchen."
Max konnte sein Glück kaum fassen, blieb aber ruhig.
„Und was können Sie mir von dieser Frau auf den Bildern erzählen?"
„Nichts, ich will auch nichts erzählen. Wir arbeiten hier und verdienen unser Geld und wollen anonym bleiben."
Max schob ihr einhundert Euro zu.
„Ich sage nichts, nicht hier. Kommen Sie morgen gegen 18 Uhr zu mir in die Zwickelstraße 73. Ich glaube, es ist besser, wenn Sie jetzt gehen, denn die Zeit ist um."
Er ließ sich von Anwuli bis zur Haustür begleiten. Er war sich nicht sicher, ob er tatsächlich die Gesuchte aufgespürt hatte und konnte seine innere Spannung nur schwer ertragen. Noch vor der vereinbarten Zeit begab er sich am nächsten Tag in die Zwickelstraße, stellte fest, dass es sich hier um eine kleinbürgerliche Wohngegend handelte und dass das Haus Nr. 73 keine Besonderheiten aufwies. Er schellte schließlich beim Namensschild Bäumer und wurde ohne Nachfrage sofort ins Haus eingelassen. Anwuli wohnte im ersten Stockwerk, sie begrüßte Max mit einem kurzen Kopfnicken und wies ihm den Weg mit einer Handbewegung in das gefällig eingerichtete Wohnzimmer. Er setzte sich, Anwuli ließ sich Max gegenüber auf einem Stuhl nieder. Er überlegte kurz und begründete sein Kommen.
„Mein Name ist Max Siegel, ich bin Privatdetektiv. Ich glaube, Sie kennen Adventa. Sie wurde in ihrer Wohnung tot aufgefunden und ich bin bei Ihnen, um möglichst viel über Adventa zu erfahren. Mich interessiert dabei jede Kleinigkeit. Sie brauchen von mir nichts zu befürchten. Vielleicht beginnen Sie damit, als Sie Adventa zum ersten Mal begegnet sind und was Sie sonst noch von ihr wissen."

Anwuli schaute ihn prüfend an, sie kämpfte offenbar mit sich.
„Ich will mich Ihnen anvertrauen. Ich bin in Nigeria geboren. In der Nähe einer Stadt, die Sapple heißt. Aufgewachsen bin ich in Hatafu, das ist ein kleines Dorf. Mein Vater war Bauer. Als mein Vater starb, hatte meine Mutter kein Geld, aber sieben Kinder. Und zwei Ziegen. Mein Onkel, der Bruder von meinem Vater, wollte meine Mama heiraten. Das ist bei uns Tradition. Aber meine Mama sagte nein, sie will ihn nicht heiraten, er hat ja schon eine Frau und sie kann nicht zwei Brüder heiraten. Ich habe bei anderen Bauern Kühe gehütet und auch etwas die Schule besucht. Als ich älter war, war ich Babysitter bei einer Lehrerin. Die Lehrerin zahlte mir fünfhundert Naira, das Geld gab ich zu Hause ab. Die Lehrerin hatte eine Bekannte, die fragte mich, du bist ein so hübsches Mädchen, warum bist du Babysitterin. Ich erklärte ihr, dass wir arm sind. Und wir müssen von etwas leben. Sie sagte, ich kenne eine Frau, die bringt dich nach Europa, nach London. Ich zweifelte daran. Wie will die mich nach London bringen? Ich habe kein Geld. Sie lachte. Die weiße Frau aus London kümmert sich um alles. Mach dir keine Gedanken. Wenn du willst, bringe ich dich nach Lagos, dort kannst du bei Freunden wohnen und triffst die weiße Frau aus London. Sie fragte auch noch, ob ich schreiben kann. Ich musste zugeben, dass ich nur wenig schreiben und lesen kann, weil ich ja kaum zur Schule gegangen bin. Sie versprach mir, dass ich in London viel Geld verdienen werde. So kam ich nach Lagos, wo ich in einer hübschen Wohnung untergebracht wurde, in der bereits drei Mädchen lebten. Sie alle wollten nach Europa reisen. Dort habe ich auch Adventa getroffen. Dann kam die weiße Frau aus London. Wir nannten sie Tante Jennifer. Sie war freundlich und beteuerte, dass sie mir helfen will. Sie sagte, du kannst in London arbeiten. Aber welche Arbeit ich mache, das hat sie nicht gesagt. Sie hat dann alles für uns geregelt. Als unsere Pässe fertig waren, mussten wir zu einem

Mann gehen. Es hieß, es ist erforderlich, weil der Pass und der Flug und alles viel Geld kostet. Tante Jennifer fuhr uns zu einem Voodooprinz. Er fragte mich, ob ich die Anwuli Sunita bin. Ich bejahte es. Er unterhielt sich mit mir über meine Situation. Du willst nach Europa, dort arbeiten und viel Geld verdienen. Wenn du in Europa bist, musst du das Geld an die weiße Dame aus London zurückzahlen, das sie für dich ausgegeben hat. Er fragte dreimal, ob ich bereit bin, Tante Jennifer das Geld zurückzuzahlen. Ich sagte ja. Er verschwand in einem Nebenzimmer und erschien bald darauf in einem Priestergewand. Er beschwor die Geister, er stach in meine Brust, benetzte die Kokanuss mit meinem Blut und wir aßen beide von der Blut getränkten Nuss. Er schnitt mir Haare und Fingernägel ab, die er in eine Puppe steckte. Die Puppe bestrich er auch noch mit meinem Blut. Durch ihn verkündeten uns die Geister, dass wir uns an den Eid halten müssten, sonst widerfahre uns Schreckliches. Wir wurden einige Tage später mit einem Auto nach Abua in den Tschad gefahren. Von dort sind wir nach London geflogen. Als wir landeten, habe ich gesehen, es ist Europa. Die Leute waren weiß. Aber es konnte nicht England sein, denn die Kontrollbeamten sprachen kein Englisch. Unsere Pässe wurden kontrolliert und man sperrte uns ein. Dann kam eine Dolmetscherin. Ich verhielt mich so, wie mir angewiesen worden war. Ich beantwortete jede Frage mit dem Satz, ich beantrage Asyl. Adventa und ich kamen nach Dortmund in ein Asylantenheim. Für diesen Fall hatte man uns eingeprägt, wenn möglich, eine bestimmte Telefonnummer anzurufen.

Adventa und ich taten es. Eine männliche Stimmte teilte uns kurz mit, dass wir uns bereithalten sollten, er würde uns in zwei Tagen abholen. Wir konnten das Asylantenhaus heimlich verlassen, ein Afrikaner empfing uns in einer Nebenstraße und brachte uns mit dem Auto nach Essen in die Wohnung einer schwarzen Frau. Sie hieß Tina Sabi, wir sollten sie aber mit Mama ansprechen. Sie eröffnete uns, dass wir bei ihr wohnen würden und sie für uns zuständig sei. Das sei mit Tante Jennifer aus London so vereinbart. Ich hielt dagegen, dass wir einen Vertrag abgeschlossen hätten, dass wir in England arbeiten würden. Sie meinte, alles das, was für England geplant worden sei, geschehe auch hier in Deutschland. Außer Adventa und mir waren in der Wohnung noch drei weitere Mädchen untergebracht. Mama kaufte uns schöne Kleidung und ungewohnte Unterwäsche. Dann fuhr sie mit uns nach Iserlohn. Sie gab uns zu verstehen, dass wir unsere zukünftige Arbeitsstelle kennenlernen sollen. Wir hielten vor einem großen Haus, das nahe an einem Wald lag. Wir wurden in ein kleines Zimmer geführt, dort sollten wir unsere Kleider bis auf die Unterwäsche ablegen. Dann begleitete uns Mama in einen großen Raum. Ich erschrak. Dort saßen einige Männer herum und unterhielten sich. Und Mädchen, so leicht bekleidet wie wir, bedienten die Männer. Ich schämte mich und habe geweint. Mir wurde klar, dass ich Liebe machen sollte. Ich war ja erst 19 Jahre alt. Adventa befreundete sich sehr schnell mit einem Mann und verschwand mit ihm durch eine Tür. Auch zu mir kam ein Mann und zog mich eine Treppe höher in ein Zimmer. Ich habe geweint und da hat er mich gelassen. Mama war sehr verärgert. Die Thekenfrau schimpfte, was ich nicht verstand. Mama brachte mich am nächsten Tag wieder in dieses Haus. Ich wehrte die Männer ab und weigerte mich danach, nochmals in das Haus zu fahren. Mama sagte, wenn du kein Geld verdienst, dann musst du verhungern. Ich antwortete, gut, dann verhungere ich. Aber Adventa und die anderen Mädchen gaben mir zu essen. Und eines Tages erschien Tante Jennifer aus London. Sie hat nicht viel herumgeredet. Sie hat auf meine Male auf der Brust hingewiesen und mich erinnert, was ich geschworen habe und was geschieht, wenn ich mich nicht an den Eid halte. Ich bekam sehr große Angst und sagte okay, ich mache keine Probleme mehr. Ich bat sie nur mir beizubringen, wie ich Liebe machen soll. Sie holte den schwarzen Fahrer, mit ihm übte ich Kondome aufzuziehen, von hinten, von vorn, seitlich und von oben und mit dem Mund Sex zu haben. Sie nannte mir auch die Preise, die ich für meine Dienste einfordern kann. Sie vermittelte mich zu einem Club nach Dorsten. Das Geld, das ich verdiente, gab ich Mama. Ich durfte mir aber auch etwas Geld für persönliche Dinge behalten. Ich habe zwei Jahre in Dorsten gearbeitet, dann über ein Jahr in Frankfurt. Das war ein sehr großer Club, da kamen Männer aus allen Ländern. Ich verdiente sehr gut. Tante Jennifer kam etwa zweimal im Monat von London nach Deutschland und holte sich von Mama das Geld ab. Nach drei Jahren hatte ich meine Schulden von 45.000 € bei ihr bezahlt. Tante Jennifer bot mir an, sie würde mir zwei, drei oder vier Mädchen besorgen, die für mich so arbeiten würden, wie ich für sie gearbeitet habe. Ein Mädchen kostet 20.000 €, den Restbetrag zu 45.000 € erhalte ich. Ich habe dieses Geschäft abgelehnt. Adventa war geschäftstüchtiger. Schon nach zwei Jahren hatte sie Tante Jennifer ausgezahlt und ließ sieben Mädchen für sich arbeiten."

„Wie haben Sie dieses Leben ertragen?"

„Es ist schwer, sehr schwer. Man muss ja nicht nur 10 bis 12 Stunden täglich arbeiten, oft wartet man vergeblich auf Kunden. Dann gibt es Rivalitäten zu deutschen Frauen. Und nicht zuletzt haben wir es besonders schwer. Wir sind zwar begehrt von weißen Männern, die meinen, wir seien besonders tierisch wild. Aber viele Kunden wissen, dass wir Illegale sind. Sie beleidigen uns, sie schlagen uns, sie wollen nicht zahlen oder nehmen uns das Geld wieder ab. Wir können keine Strafanzeigen stellen, wir müssen jedes Aufheben vermeiden, wir sind hilflos. Es ist sehr demütigend."

„Und was wissen Sie von Adventa?"

„Wie ich sagte, nach zwei Jahren hatte sie die Schulden beglichen.

Sie hat sich selbstständig gemacht und Mädchen beschäftigt. Inzwischen hatten wir ja alle die deutsche Sprache erlernt. Eines Tages kam sie zu mir und schlug mir vor, dass sie gegen eine ganz geringe Summe mir das Aufenthaltsrecht in Deutschland besorgen könne. Dann könnte ich mir auch einen Gewerbeschein ausstellen lassen und legal arbeiten. Ich war sehr erstaunt und fragte, wie das möglich sei. Sie legte mir dar, dass man einen deutschen Mann heiraten muss, das koste zwischen 10.000 und 15.000 €. Oder man heiratet einen farbigen Mann, der die deutsche Staatsangehörigkeit besitzt. Das seien Männer, die mit einer deutschen Frau verheiratet waren und wieder geschieden worden seien. Das koste 5.000 €. Oder man bekommt ein Kind und findet einen Mann mit deutscher Staatsangehörigkeit, der seine Vaterschaft anerkennt. Ich war angetan von den Vorschlägen und bat Adventa, mir einen deutschen Mann zu besorgen. Ich wollte unbedingt aus der Illegalität. Einige Tage später rief mich ein Rechtsanwalt an und gab mir einen Termin in meiner Ehesache. Ich begriff im ersten Augenblick nicht, was er meinte. Dann aber ging alles sehr schnell. Ich musste 9.000 € zahlen, nach drei Wochen hatte ich einen Termin beim Standesamt. Da sah ich meinen zukünftigen Mann zum ersten Mal. Wir unterschrieben eine Urkunde und damit war ich mit einem Deutschen verheiratet. Er hieß Achim Bäumer. Er bestand darauf, dass ich zu ihm in die Wohnung nach Dortmund ziehe. Dort stellte er mich seinem Vermieter vor, der mir erklärte, dass mein Mann Mietschulden habe und ich erst in den Mietvertrag aufgenommen werde, wenn die Schulden getilgt seien. Ich zahlte. Ich fragte Achim, ob er arbeite. Er sagte, er sei momentan arbeitslos, aber er bemühe sich um Arbeit. Ich habe damals in einem Club gearbeitet. Es war ein sehr nobler Club. Die Kunden entlohnten uns sehr großzügig. Mein Mann kümmerte sich um gar nichts. Er stand morgens auf, verließ das Haus, kam abends wieder und war betrunken. Seine

Wohnung war verlottert, ich habe sie bewohnbar gemacht. Er bezog Arbeitslosengeld, war aber ansonsten ein lieber und guter Mann. Er schlug mich nicht, schrie mich nicht an, wollte kein Geld von mir und behandelte mich anständig. Er schlief auch nicht mit mir.

Ich hatte einen Afrikaner als Freund und wurde von ihm schwanger. Ich brachte einen Sohn zur Welt, mein Mann übernahm die Vaterschaft. Wir lebten zwei weitere Jahre sehr zufrieden miteinander. Dann wurde ich verhaftet und wegen illegaler Einwanderung, Urkundenfälschung, Steuerhinterziehung und anderem zu 2 ½ Jahren Freiheitsstrafe verurteilt. Das Jugendamt kam zu mir ins Gefängnis und teilte mir mit, dass mein Mann Alkoholiker sei und für unseren Sohn Jeff nicht sorgen könne. Sie hätten Jeff deshalb in einer Pflegefamilie untergebracht. Ich bräuchte mich nicht sorgen, ihm gehe es gut. Ich ließ nicht locker und habe einen Rechtsanwalt eingeschaltet. Der konnte ermitteln, dass Jeff bei zwei Männern lebt, die verheiratet sind. Das hat mich entsetzt. Ich habe beim Gericht Einspruch eingelegt. Ich bestand darauf, dass mein Sohn in einer Pflegefamilie aufgenommen wird, in der er Zuwendung durch eine Frau erfährt. Der Richter warf mir vor, ich hätte Vorurteile. Ich erwiderte, dass ich nicht wolle, dass mein Sohn von Männern geliebt und gehätschelt und schwul erzogen werde. Der Richter wurde böse; schwul sein sei normal. Zwei Männer führten eine bessere Ehe als in der Regel Mann und Frau. Von den höchsten Richtern, Politikern und Beamten seien viele schwul und könnten mit Kindern besser umgehen als leibliche Eltern. Schwule würden die natürliche Sexualität der Kinder fördern und nicht unterdrücken wie die verklemmten Heteros. Mit meiner Einstellung würde ich dem Wohl meines Kindes schaden, deswegen entziehe er mir das Umgangsrecht. Seitdem weiß ich nicht, wo sich Jeff aufhält und wie es ihm geht. Ich wurde vorzeitig aus der Strafhaft entlassen und ließ mich bald darauf von Achim scheiden. Ich meldete ein Gewerbe an und arbeitete wieder in Clubs. Dabei traf ich Adventa, als sie ein Mädchen aus Afrika in die Tätigkeit einwies. Wir setzten uns zusammen und unterhielten uns ein wenig. Sie erzählte von ihrer Arbeit. Sie betreue fünf Mädchen aus Nigeria. Der Anwalt, den ich ja auch kennen würde, habe deren Einreise finanziert. Sie vermittele die Mädchen an Etablissements und verwalte deren Geld, bis die Verbindlichkeiten und der erstrebte Gewinn realisiert seien. Adventa wirkte auf mich unglücklich. Sie wiederholte mehrmals, sie habe ihre Freiheit gegen einen goldenen Käfig getauscht. Sie sei versklavt und versklave selbst Menschen." Anwuli seufzte tief und schwieg.

Max deutete ihr Schweigen so, dass sie nichts mehr zu sagen habe. Er blickte über Anwuli hinweg in eine unbestimmte Ferne und dachte darüber nach, wie doch Ideenwelt und Realwelt dieser Menschen sich widersprechen. Er erhob sich, bedankte sich und verließ die Wohnung von Anwuli. Er rätselte, welche Funktion Rechtsanwalt Hermann im Milieu wohl ausübe. Während er gedankenverloren und ziellos durch die Straßen ging, gelegentlich vor einem Geschäft stehenblieb, sprang ihm ein großes Plakat in die Augen. Darauf stand: Komm zu uns - Jesus hilft auch Dir! Max fiel der Misssionsarzt Dr. Grotjan ein. Er griff zu seinem Handy und ließ sich mit dem Adventshaus verbinden. Es meldete sich ein Pastor Blume.
„Herr Pastor Blume, ich habe ein ganz dringendes Anliegen. Es eilt. Wann darf ich zu Ihnen kommen?"
„Wenn es so dringend ist, dann jederzeit."
„Ich danke Ihnen, ich danke Ihnen vielmals. Ich schätze, dass ich in einer halben Stunde bei Ihnen bin."
Max fuhr mit der Straßenbahnlinie 12 bis zum Barbarossa-Platz und ging zu Fuß zum Pantaleonswall. Am Eingang des Advent-

hauses begrüßte ihn ein Mann mit gütigen Augen.
„Ich bin Pastor Blume, Sie sind Herr Siegel?"
„Ja."
„Folgen Sie mir doch bitte."
Er führte Max durch den großen Gemeindesaal in ein kleines Zimmer. Die Männer setzten sich und Max fiel mit der Tür ins Haus.
„Herr Pastor, Adventa Achebe ist verstorben. Sie war Mitglied Ihrer Freikirche und hat sicher an Ihren Gottesdiensten teilgenommen, so nehme ich an. Ihr Tod ist rätselhaft und ich möchte herausfinden, warum sie sterben musste. Helfen Sie mir bitte, was wissen Sie von Adventa?"
„Oh, junger Mann, ich stehe unter Schweigepflicht. Was ich von Adventa weiß, sind allerdings auch keine Dinge, die unter die Schweigepflicht fallen. Ich bin auch nicht sicher, ob ich sie wirklich kenne. Unser Denken lässt uns die Dinge nur erkennen, wie sie uns erscheinen und nicht, wie sie wirklich sind. Ich bin aber überzeugt, dass Adventa sehr gläubig war. Nimmt man es genau, so hat sie sich eigentlich wenig an der Heiligen Schrift orientiert, wie wir Adventisten es tun, sondern an einen emotionalen Gottesbegriff beziehungsweise einer ewigen Weltenseele. Ihr Glaube wurde gespeist von afrikanischen naturreligiösen Vorstellungen. Mich hat es nicht gestört. Der Anspruch, im Besitz der eigentlichen Wahrheit zu sein, ist Überheblichkeit. Wahrheit ist fundiert auf der gemeinsamen Freiheit der Vernunft und Toleranz. Gott ist unausdenklich und undefinierbar, auch wenn uns das Erkennenwollen leidenschaftlich verzehrt. Und Christ sein heißt ja vor allem, dass wir ein Leben in Verantwortung für uns und unsere Mitmenschen führen. Und das hat sie. Ebenso charakteristisch für Adventa war ihre Liebesfähigkeit. Sie hat ihr Leben und ihre Fähigkeiten als Geschenk, also als nicht selbst gezeugt und als nicht selbst hervorgebracht betrachtet. Als

höchstes Geschenk sah sie die Fähigkeit zu lieben an. Sehen Sie, Liebe ist drängende Begierde, ist besitzende Freude, ist Verlust fürchtende Angst und ist vereinsamte Trauer. Liebe ist der Beginn und der Endpunkt unserer Erfahrung, sie ist da, wenn wir nichts Besseres finden. Wenn wir glauben, das Beste gefunden zu haben, das ist dann der Inhalt unseres Lebens. Dabei kann Liebe Gutes und Böses bewirken. Treue, Fürsorge, Verbundenheit ebenso wie Verbrechen und Mord. Wollen Sie wissen, ob jemand ein guter oder schlechter, ein fehlgeleiteter oder rechtgeleiteter Mensch ist, so fragen Sie nicht, was er glaubt oder hofft oder will, sondern was er tatsächlich von ganzem Herzen liebt. Adventa trug das Feuer der universalen Liebesumarmung in sich, nämlich das Innewerden ihres gottgewollten Seins verbunden mit der dankbaren Erkenntnis, im Schönen, im Guten und in der Erhabenheit der Schöpfung leben zu dürfen. Wenn man ihr entgegentrat, wurde man umfangen von Bejahung, Verbundenheit und Zuneigung. Sie strahlte Gottes Liebe aus."

Max hörte dem Pastor scheinbar interessiert zu, dessen Gedanken erreichten ihn allerdings nicht. In sich versunken sinnierte er, in welche Geisteswelt er da hineingestolpert war. Er hatte sich nie mit philosophischen, religiösen, ästhetischen oder psychologischen Fragen beschäftigt. Er las Comics und sah sich im Fernsehen vor allem Kriminalfilme an. Er kannte die neuesten Schlager, war über die neueste Mode orientiert und hing seinem Fußballklub an. Er verstand etwas von der Disziplin der Kriminalwissenschaft und Kriminaltechnik und von Rechtsnormen. Er ärgerte sich täglich über Kriminalserien, in denen das Verbrechen verklärt, die Tristesse der Ermittlungsarbeit verschwiegen, die Fähigkeiten der Kommissare überhöht wurden. Er selbst ergänzte seine Wissenslücken über den PC. Er konnte nur einen sehr bescheidenen Lebensstil pflegen und war bestenfalls bereit, eine Partnerschaft für einen überschaubaren Zeitraum einzugehen.

Was ihm bis jetzt von Priestern, Missionaren und Predigern zugetragen worden war, erschien ihm abgehoben und weltfremd. Er disziplinierte sich in der gegenwärtigen Situation damit, dass er sich sagte, du darfst ihn nicht mit Scheiße, Scheiße, Scheiße unterbrechen. Er gab sich einen Ruck.

„Herr Pastor, wer hatte zuletzt mit Adventa Kontakt, wer kann mir konkret sagen, mit welchen Leuten Adventa in den letzten Wochen ihres Lebens zusammen gewesen ist. Das möchte ich wissen."

„Nun ja, ich wollte Ihnen gerade auseinandersetzen, dass Adventa eine mystische Veranlagung hatte. Sie konnte zum Beispiel beim Gebet in Ekstase verfallen, dann sprach sie mit Gott oder sie glaubte, Botschaften von Gott erhalten zu haben. Wir hatten deshalb miteinander Meinungsverschiedenheiten. Ich habe versucht, ihr klarzumachen, dass sie hysterisch sei. Sie hat es energisch bestritten."

„Gut, Herr Pastor, zur Sache. Kennen Sie einen vertrauten Menschen von Adventa?"

„Ja, es ist Ochuko. Adventa hat ihn zu uns gebracht und ihn bekehrt. Ich meine, er ist ihr Freund gewesen."

„Wie kann ich ihn erreichen?"

„Kein Problem, ich rufe ihn an und er wird in einer Viertelstunde hier sein. Dann können Sie mit ihm ungestört sprechen."

Während sie Kaffee tranken, musste sich Max Ausführungen über die Seelenlehre afrikanischer Völker anhören. Endlich klopfte es an der Tür und Ochuko betrat das Zimmer, der Prediger verließ es. Vor Max stand ein großer, stattlicher, muskulöser Mann.

„Ich bin Ochuko Saro-Wiwa. Sie haben mich gerufen."

„Nun ja, gerufen ist wohl nicht ganz richtig. Ich habe Sie über den Pastor gebeten zu kommen und mir etwas über Adventa zu erzählen. Ich bin Max Siegel, Privatdetektiv, ich ermittele, was es mit dem Tod von Adventa auf sich hat. Sie kommen auch aus

Nigeria?"

„Ja, aus Owerri, das ist eine Stadt im Emustaat, ganz im Osten von Nigeria. Ich gehöre dem Stamm der Igbo an. Mein Vater hat Häuser gebaut."

„Und Sie, was haben Sie gemacht?"

„Ich habe Fußball gegen europäische Mannschaften gespielt. Ich habe immer Fußball gespielt. Ich wollte Arzt werden, aber Fußball war meine Leidenschaft. Ich war 17 Jahre alt, da spielte ich schon bei Fußballvereinen. Ich habe mich auf das Examen vorbereitet, ich erreichte aber nicht genügend Punkte und deshalb konnte ich nicht Arzt werden."

„Haben Sie dann gearbeitet?"

„Fußball ist doch Arbeit. Als ich 19 Jahre alt war, kam ich nach Deutschland."

„Warum gerade Deutschland?"

„Wir haben Fußball gegen europäische Mannschaften gespielt und in der Schweiz sehr erfolgreich. Dort haben uns Leute geholfen, hierher zu kommen."

„Wie hat man Ihnen geholfen?"

„Muss ich das beantworten? Na ja, es ging um Kontakte und um das Visum. Die Leute von den großen Fußballklubs haben Einfluss."

„Wann war das?"

„Es ist Jahre her. Als ich nach Deutschland einreiste, hatte ich ganz andere Vorstellungen im Kopf. Man hat mich nicht darauf vorbereitet, was mich hier erwartet. Man kommt in ein fremdes Land, man kennt keinen Menschen, man kann sich nicht verständigen. Man hatte mir damals geraten, Asyl zu beantragen und mir versprochen, man werde alles für mich erledigen. Ich wurde in einem Asylantenheim untergebracht, dann wurde mir der Rechtsstatus der Duldung zugesprochen. Der Verein Rot-Weiß Essen schloss mit mir einen Vertrag ab, dort habe ich dann Fußball gespielt. Dann zog ich mir eine Verletzung zu, einen Kreuzband- und Meniskusriss. Es war das Ende meiner Fußballkarriere. Meine Frau, eine Deutsche, ließ sich von mir scheiden, es gab keine Hoffnung mehr, dass ich ein Fußballstar werde. Mein Verein vermittelte mir eine Arbeit auf dem Düsseldorfer Flughafen. Ich habe dort bei einem Schnellimbiss Gäste bedient. Und dort lernte ich Dr. Hermann kennen. Er sprach mich an und fragte mich so aus, wie Sie es gerade auch tun. Und am Ende der Befragung bot er mir an, sein Bodyguard zu werden. Das bin ich seit nunmehr über zehn Jahren. Ich begleite ihn, ich beschütze ihn, ich erledige für ihn Gänge. Er hat von mir nie gefordert, etwas Unrechtes zu tun. Er spricht mit mir offen über seine Geschäfte und über private Dinge."

„Dann kannten Sie auch Adventa Achebe?"

„Ja, sie war eine gute Frau. Vor vier oder fünf Jahren besuchte Dr. Hermann eine Disko, in der auch Mädchen käuflich sind. Ich begleitete ihn wie immer. Dort lernte er Adventa kennen. Sie war sehr hübsch. Wir fuhren, wie auch sonst üblich, in die Brückenstraße, wo Dr. Hermann eine Zweitwohnung hatte. Ich zog mich in mein Zimmer zurück und brachte Adventa am nächsten Morgen in die Einsteinstraße, wo sie ihr Domizil hatte. Adventa wurde die Geliebte von Dr. Hermann. Nach relativ kurzer Zeit schlug er ihr vor, ihren Wohnsitz in die Brückenstraße zu verlegen. Sie nahm an. Ich fuhr Adventa öfter zu Einkäufen und in verschiedene Städte. So kamen wir uns näher und wurden miteinander vertraut. Sie war eine sehr umgängliche, aber auch tatkräftige und bestimmende Frau. Sie machte keinen Hehl daraus, dass sie nigerianische Mädchen als Prostituierte beschäftigte. Das war das eine Gesicht. Andererseits offenbarte sie sich mir als frohsinniges, vergnügtes, übersprühendes Mädchen, das leicht zum Lachen zu bringen war, das keine Arglist kannte und aufrichtig darunter litt, im Milieu tätig zu sein. Sie ängstigte sich, die Ewigkeit ihrer Seele zu verspielen. Sie suchte Trost in der Gemeinschaft der Gläubigen und teilte mir eines Tages erleichtert mit, sie habe sich von ihrem Geschäft getrennt und es Dr. Hermann übergeben. Ich will Ihnen nicht verheimlichen, dass ich sie zu lieben und Dr. Hermann zu hassen begann. Auf einer Fahrt, bei der ich Dr. Hermann vom Flughafen abholen sollte, wagte ich ihr vorzuschlagen, gemeinsam nach Nigeria zurückzukehren, um uns dort ein neues Leben aufzubauen. Sie lehnte ab. Traurig und niedergeschlagen. Sie sei abhängig von Dr. Hermann. Ich mied in der Folgezeit dieses Thema, geduldete mich und harrte auf eine günstige Gelegenheit. Vor etwa zwei Jahren schien mir, dass sich Adventa veränderte. Sie wurde schreckhaft, missmutig, verletzlich. Sie trug mir immer wieder vor, dass alle Menschen Gottes Ebenbild und deshalb gleichwertig seien, ausgestattet mit einem unverfügbarem Existenzrecht. Jeder Mensch mit seiner individuellen Seele sei abgespaltener Teil der universellen Seele. In ihr wachse die Sehnsucht zurückzukehren und Eins zu werden mit dem Absoluten. Auf Erden seien wir bald vergessen, seien ein Licht, das schnell erlösche. Sie verzehre sich im Wunsche nach Ewigkeit in Gottes Garten. Ich wusste zunächst nichts mit ihren Worten anzufangen. Dann begriff ich, dass sie litt. Ich nahm mir ein Herz und fragte sie direkt, warum sie sich selbst geißele und was sie martere. Da sprudelte es aus ihr, sie könne das Geschäft mit der Ware Mensch nicht mehr hinnehmen. Dr. Hermann habe das bisherige Geschäftsmodell der Prostitution erweitert und sich einem Kartell angeschlossen. Man akquiriere nun auch Frauen aus Polen, Tschechien und Rumänien und habe darüber hinaus neue Angebote entwickelt. Das Kartell verkaufe alles, was sich mit der Ware Mensch machen lasse. Kleinkinder, Adoption, Leihmütter, die Babys auf Bestellung gebären, ausgesuchte Männer, die Frauen besamen. Die meisten Prostituierten seien bereit, gegen viel Geld Kinder zur Welt zu bringen und zu

verkaufen. Sie habe erlebt, wie einer Mutter das Neugeborene genommen wurde. Die Mutter habe es nicht ausliefern wollen und sich geweigert, das ihr anvertraute Leben einem unbekannten Schicksal auszuliefern. Nach Drohungen, Schlägen und Gewalt sei schließlich der Mutter das Kind entrissen worden. In dieser Situation sei ihr bewusst geworden, dass sie den Urbezug unseres Daseins, den Bezug zum Mitmenschen, verleugnet habe. Sie schäme sich, sich ihrer selbst untreu geworden zu sein und ihre eigene Lebensrettung durch Gottesfügung vergessen zu haben. Sie fühle sich aufgerufen, den Geknechteten beizustehen und ihrer Entheiligung als Handelsobjekt entgegenzutreten. Ich sah meine Zeit gekommen, mich mit Adventa zu verbünden. Wir wurden uns mit der Zeit zunehmend vertrauter. Ich sah es als meine Bestimmung an, sie zu beschützen. Wenn der Anwalt bei ihr nächtigte, tigerte ich oft gequält und verbittert durch die Straßen. Sie war durch ihre Umkehr für mich eine Heilige geworden. Ich konnte nur schwer ertragen, dass sie gegen den Missbrauch kämpft und zugleich sich selbst missbrauchen lässt. Ich litt und schwieg.
Wir organisierten den Widerstand gegen das Hurenkartell. Viele Frauen prostituierten sich weiter, viele schlossen weiterhin Verkaufsverträge über geborene und ungeborene Kinder ab. Adventa kassierte nach wie vor die Gelder dafür ein, führte sie aber nicht an die Zentrale ab, sondern finanzierte damit den Ausstieg von Frauen aus dem Gewerbe. Das Kartell registrierte sehr schnell, dass ihr Geschäft torpediert wurde und es in Gefahr stand, finanziell auszubluten. Zwischen Adventa und Dr. Hermann kam es zu heftigen Auseinandersetzungen. Mit seinem illegalen Menschenhandel konnte er jedoch nicht gegen Adventa mit legalen Mitteln vorgehen. Adventa verstand es auch, die Frauen solidarisch um sich zu scharen. Man kann sagen, sie gründete ein Gegenkartell. Der rechtskonforme Weg war versperrt, denn die

meisten Frauen aus Afrika und Europa hielten sich hier unter falschem Namen, mit gefälschten Urkunden und ohne Aufenthaltsgenehmigung auf."

Max sog jedes Wort von Ochuko begierig auf.

„Und wissen Sie, wie Adventa ums Leben gekommen ist?"

„Nein, es muss etwas mit dem Kartell zu tun haben. Das Kartell ist international, in Deutschland hat man eine Abteilung gegründet, die unter dem Namen „Gesellschaft zur Verteidigung der Menschenrechte e.V." firmiert. Dr. Hermann ist der Vorsitzende dieser Gesellschaft, die hier als gemeinnützig anerkannt ist. Die schwarzen Frauen stammen aus verschiedenen Regionen von Nigeria. Ihre Muttersprache und ihre Kultur sind sehr unterschiedlich. Was sie eint ist, dass sie der Not entfliehen wollen. Sie hoffen, in Deutschland in Würde leben zu können. Armut ist die elementarste Form der Entwürdigung des Menschen. Sie ließen sich auf ein illegales Geschäft ein, um ihr Ziel zu erreichen. Man versprach ihnen Wohnung und Arbeit, einige nötigte man in Deutschland zur Prostitution, andere waren damit einverstanden, aber alle werden schamlos ausgebeutet. Keine Frage, ihre materielle Situation verbesserte sich, aber ihnen wurde ihre Ehre geraubt, man nahm ihnen ihre spirituelle Lebenskraft und so verloren sie ihre Seele. Adventa war zunächst ein solches Opfer, dann entwickelte sie sich zur Täterin. Sie verstand es, sich in die organisierte Kriminalität der Prostitution zu integrieren und setzte sich mit besonderer professioneller Härte und Rücksichtslosigkeit ihren Landsfrauen gegenüber durch. Nach Gründung des Kartells in Deutschland wurde sie Abteilungsleiterin und zeichnete verantwortlich für die Bereiche Akquise, Ausbildung, Vermittlung und Verkauf der Ware. Ihr Chef war Rechtsanwalt Dr. Hermann, ich wurde sein Bodyguard. Adventa und ich wurden abtrünnig, Adventa übte offenen Verrat, ich blieb dem Kartell unerkannt. Nach dem Gesetz des Kartells müssen Verräter sterben."

Max intervenierte. „Diese Zusammenhänge habe auch ich erkannt. Aber wie hat man Adventa umgebracht?" Ochuko reagierte ausweichend. „Suchen Sie beim Kartell.

Kommen Sie, heute treffen sich die Frauen zum Ala-Kult. Ala ist die Erdgöttin der Fruchtbarkeit. Adventa hat an dieser religiösen Zeremonie öfter teilgenommen. Vielleicht erfahren wir dort etwas mehr. Wir müssen uns beeilen."

Der Bodyguard fuhr mit Max im Auto von Dr. Hermann zum Espenweg. Er hielt vor einem älteren Gebäude. Gemeinsam schritt man durch den ebenerdigen Flur zu einer rückwärtig gelegenen Ausgangstür, die Ochuho einen Spalt weit aufstieß. Man sah auf dem Hinterhof fünf schwarze Frauen, deren Gesichter weiß bemalt waren, die um ein kleines Feuer saßen und rhythmisch Steine gegeneinander schlugen. Eine Vorsängerin intonierte einen Sing-Sang, den die anderen vielstimmig beantworteten. Die Vorsängerin warf kleine Zweige in das Feuer. Ochuko weihte Max in das Geschehen ein.

„Der Mensch lebt nach seinem Tode weiter. Seine Seele strebt zum Schöpfergott, aber sie erreicht erst Gottes Nähe, wenn sie Prüfungen bestanden hat. Wir helfen mit Gesang und Gaben der wandernden Seele, die Hindernisse und Hürden zu Gott zu überwinden. Adventas Seele wird die Verbindung von der diesseitigen zur metaphysischen Welt für uns halten. Sie wird uns vor bösen Geistern, vor Zauber, vor Unheil und Krankheit schützen, sie wird als Ahne uns stets gegenwärtig sein. Die Frauen rufen sie mit ihrem Gebet zu sich und bringen ihr Gaben in der Hoffnung, dass sich Adventa offenbaren wird."

Max ließ die Gruppe der Frauen nicht aus den Augen. Er starrte gebannt auf das religiöse Ritual und registrierte die sich steigernde Erregtheit der Gläubigen. Er erschrak, als eine Frau mit einer Maske sich aufrichtete, ihre Hände ins Feuer hielt, die Arme ausbreitete, um sich selbst drehte und offensichtlich in Trance sich wiederholende Sätze ausstieß.

Ochuho übersetzte. „Sie ruft, fürchtet euch nicht, ich bin bei euch."

Das Medium brach zusammen, die Versammelten aber lachten, umarmten und küssten sich. Nach einer Weile erhob sich das Medium, durchquerte den Hof und zog die leicht geöffnete Tür ganz auf, hinter der Max und Ochuho standen. Sie atmete heftig, ihre Pupillen waren übergroß. Sie starrte Max an und sprach mit monotoner Eindringlichkeit: „Du bist von Ala erwählt, sühne das Verbrechen an Adventa. Gehe zu Uro." Sie drehte sich um, legte sich in der Nähe des Feuers auf die Erde und schlief ein. Max und sein Begleiter verließen das Haus.

„Ochuho, wer ist Uro?"

„Sie ist eine Mulattin. Wir werden gleich bei ihr sein."

Uro bewohnte ein Apartment mit Flur, Bad, Schlafraum und Wohnküche. Sie beschäftigte sich an der Spüle und erzählte ohne Umschweife.

„Ich weiß, weshalb Sie zu mir kommen. Adventa war meine Mama. Sie war immer gut zu mir. Sie besorgte mir Arbeit, ich gab ihr das verdiente Geld. Ich zahlte meine Schulden ab und sie ließ mir von meinem Geld soviel, dass ich wie eine weiße Frau leben konnte. Sie hat mich mit einem Deutschen verheiratet, den ich allerdings nur flüchtig kenne und sie hat mich von ihm auch wieder scheiden lassen. Ich bin gern Prostituierte. In den letzten zwei Jahren hat sie mich noch besser behandelt. Sie kam eines Tages und erklärte, dass ich nicht mehr anzuschaffen brauche. Sie hätte eine Arbeit in einer Fabrik für mich. Aber ich wollte nicht. Sie ging mit mir zu einer Bank und richtete mir ein Konto ein, auf das sie das Geld einzahlte, dass ich ihr gab. Jetzt lebe ich in dieser

schönen Wohnung. Ich habe Adventa geliebt."
„Hatte Adventa in letzter Zeit Sorgen?"
„Nein, eigentlich nicht. Sie betonte nur immer wieder, wir dürfen uns nicht verkaufen. Wir müssen zusammenhalten und ehrbar werden. Wir brauchen uns nicht zu fürchten, kein Mensch darf uns versklaven. Wir sind freie Menschen. Aber ich bin frei, auch als Prostituierte."
Max war enttäuscht. Er hatte sich von Uro mehr erhofft.
„Und Adventa hatte wirklich keine Probleme?"
„Nein. Sie war eine sehr stolze Yoruba aus dem Staat Ondo. Sie behauptete, von Odudua abzustammen, dem Gott, der vor grauer Zeit in Ife herabgestiegen war, um die Erschaffung der Welt zu überwachen. Also die Menschen von Ife sind etwas Besonderes. Odudua hatte viermal vier Hühnchen beauftragt, die Erde aus dem Meer zu scharren und sie dorthin zu bringen, wo heute Ife liegt und dort erschuf er die ersten Menschen. Heute ist Ife ein heiliger Ort im Yorubaland. Odudua stellte den Gott Ischu durch die Ahnen Adventa zur Seite, um sie vor Gefahren zu beschützen. Deshalb errichtete sie bei sich einen Altar und opferte ihm so oft sie konnte."
„Ich begreife nicht, war Adventa nicht Christin?"
„Das war sie. Die Yoruba und die Christen glauben doch dasselbe. Nach dem Tode fahren unsere Seelen ins Totenreich, werden gereinigt und kehren auf die Erde zurück. So wie die Pflanze stirbt und wiedergeboren wird, so auch der Mensch. Adventa ging oft zu den Christen in die Kirche, sie war sehr gläubig. Nur der Babalawo hatte daran etwas auszusetzen."
„Wer ist der Babalawo?"
„Das ist unser Ife-Priester. Vor einem Jahr und vor wenigen Wochen kam er nach Dortmund, ich weiß nicht woher. Ich glaube aus England. Dort besteht auch eine große Kolonie von Nigerianern. Adventa sagte mir, dass er ihr vorwerfe, ein

Bundgeheimnis verraten zu haben. Das ist ein schweres Verbrechen, wenn man einem Priester Verschwiegenheit gelobt hat. Adventa nahm diesen Vorwurf leicht, sie sagte, sie habe sich nie zur Verschwiegenheit verpflichtet."

Max war elektrisiert. Er erfasste intuitiv, dass er der Auflösung des Rätsels ganz nahe war.

„Wo kann ich den Babalawo wohl antreffen?"

„Er hat sich im Hotel Drei Ritter einquartiert. Vielleicht ist er aber auch schon wieder abgereist."

Max und Ochuko verabschiedeten sich hastig von Uro. Es war bereits früher Abend. Auf der Straße hielt Max ein Taxi an. Ochuko weigerte sich, Max zum Priester zu begleiten.

„Ich kenne die Priester von meiner Heimat her. Sie sind mir unnahbar, ihre Gegenwart macht mich beklommen und jagt mir Furcht ein."

Max fuhr allein zum Dreisterne Hotel Drei Ritter, erkundigte sich an der Rezeption, ob der Nigerianer noch da sei und ließ sich telefonisch mit ihm verbinden. Es meldete sich eine kräftige männliche Stimme.

„Ja, hier ist Humautu."

„Mein Name ist Max Siegel, ich möchte mit Ihnen etwas über die Gesellschaft zur Verteidigung der Menschenrechte bereden; wäre das jetzt möglich?"

„Gewiss, kommen Sie doch zu mir auf Zimmer 202."

Im Hotelzimmer trat Max ein alter Afrikaner mit grauen Haaren, zerfurchtem Gesicht und lebhaft-forschenden Augen entgegen. Er stellte sich vor.

„Ich bin Humautu, ein Stammesältester der Yorabu und Ifa-Priester."

„Ich habe noch nie etwas von Ifa gehört."

Der Afrikaner lächelte kaum merklich.

„Ifa ist die Kraft, die alles ordnet und durch Personifikation göttliche Weisheit verkündet. Es ist ein komplexes System der Prophezeiung, wodurch der Wille der Götter erforscht, Unheil abgewendet und Gerechtigkeit gesichert wird. Durch Geburt wurde ich bestimmt, in der Nachfolge meiner Ahnen mit Ifa in Verbindung zu treten, um den Segen für die Lebenden zu erbitten, die Einheit unserer Kultur zu bewahren und den göttlichen Willen zu offenbaren."

Max setzte auf den Zufall.

„Und was hat das mit Adventa zu tun?"

„Mir wurde in London gesagt, dass in Deutschland eine Stammesfrau lebt, die ein Bundgeheimnis verraten hat. Der Geist eines bösen Gottes habe von ihr Besitz ergriffen. Sie halte Frauen von ihren Männern fern, mache Frauen unfruchtbar und sie selbst verwandele sich nachts manchmal in ein böses Tier. Man forderte mich auf, diese Frau zu bekehren und in die göttliche Ordnung wieder einzugliedern. Deshalb kam ich nach Deutschland. Man hatte mir als Anlaufstelle die Adresse von Rechtsanwalt Dr. Hermann gegeben. Er nannte mir Namen und Anschrift dieser Frau."

„Wie heißt diese Frau?"

„Adventa Achebe."

Der Priester sprach gelassen. Seine Worte waren gesetzt, er hatte offenbar nichts zu verbergen. Max konnte sich seinem Charisma nicht entziehen.

„Und was haben Sie bei dieser Sachlage unternommen?"

„Ich habe Adventa aufgesucht und befragt. Sie hat alle Vorwürfe bestritten. Sie beschuldigte ihrerseits Dr. Hermann der Versklavung und Ausbeutung von schwarzen und weißen Frauen. Ich glaubte zu erkennen, dass sie reinen Herzens ist. Ich hatte noch letzte Zweifel und beschloss, weiter zu ermitteln und das Orakel zu befragen. Ich eignete mir heimlich von ihr Speisereste aus der Küche, Haare aus dem Kamm und einen Armreif aus dem Bad an.

Ich fastete einen Tag, bis sich der Geist von Ifa meiner bemächtigte. Ich nahm mein Oqua ifa und bat um Erhellung."
Max unterbrach: „Was ist Oqua ifa?"
Der Priester ging zum Schrank, entnahm ihm ein rundes Brett, das mit Ornamenten und kleinen Figuren beschnitzt war, eine kleine Schüssel mit Palmnüssen, einen Rasselstab und eine Glocke. Er erläuterte unbefangen: „Wenn ich Ifa nahe bin, rufe ich die Gottheit mit der Rassel und der Glocke zu mir. Wenn sie gegenwärtig ist, oft erst nach langer Zeit, lege ich die Körperteile des Beschuldigten auf das Orakelbrett, bestreue das Brett mit Mehl und werfe die Palmnüsse darüber. Die Gottheit legt die Nüsse zu Figuren und teilt mir auf diese Weise die Wahrheit mit. Es gab keinen Zweifel, Adventa war schuldig."
Nach langer Pause.
„Welche Konsequenz hat die göttliche Antwort nach sich gezogen?"
„Das ist Sache der Orishagötter. Meine Pflicht war, ein Seelendouble von Adventa herzustellen. Ich nahm eine Puppe, pflanzte in sie die Teile von Adventa und ging am Abend des 1.6. zu ihr. Sie empfing mich sehr herzlich und ich sagte ihr, dass ich sie einem strengen Verhör unterwerfen müsse. Sie war damit einverstanden, ihr waren ja auch unsere Regeln bekannt. Ich entnahm meiner Tasche die Puppe und verkündete Kraft meines Amtes: „Adventa, das bist du, es ist deine Zwillingsseele." Sie wurde blass. Ich fuhr fort: „Schwörst du bei deiner körperlichen Unversehrtheit, kein Bundgeheimnis verraten zu haben?"
Sie entgegnete: „Ja, ich schwöre." Aber sie krümmte sich vor Schmerzen.
Ich umfasste den Hals der Puppe und fragte: „Schwörst du bei deinem Odem, der dich am Leben erhält, dass du Frauen nie unfruchtbar gemacht, sie nie von ihren Männern abgehalten hast?"

Sie rief: „Ja, ich schwöre." Aber sie rang und röchelte nach Luft. Ich hielt ihr vor, bedenke bei deinem Herzschlag, hast du dich nie zu einem bösen Tier verwandelt?
Sie schrie laut auf: „Ich schwöre es!" Und fiel tot zu Boden. Gott Ifa hatte gesprochen.
Der Priester schwieg. Max empörte sich. „Sie haben Adventa getötet. Sie haben Adventa spirituell getötet, weil Sie wussten, dass Adventa an ihren Zauber glaubt. Sie war ein guter Mensch. Sie wollte nur die Frauen aus der Sklaverei befreien. Und Sie haben sich als Handlanger der Sklavenhalter hergegeben. Haben Sie gar nichts aus der Geschichte Ihres Volkes gelernt?"
Der Priester wehrte mit großem Ernst eindringlich ab.
„Nein, ich diene nur meinen Göttern, so, wie es mir überliefert worden ist. Ich habe nach bestem Wissen und Gewissen gehandelt."
„Was Sie durch das Orakel als göttliche Botschaft den Menschen verkünden, das sind Ihre Gedanken und Ihre Ideen. Ihre Götter, die gibt es nicht. Es sind Chimären."
Der Priester schloss die Augen, hob die Arme und murmelte für Max unverständlich vor sich hin. Dann ergriff er seine Ritualien, streute Mehl über das Brett und warf die Nüsse. Er beugte sich tief über die geworfenen Figurationen und studierte sie minutenlang. Endlich richtete er sich auf. Seine Stimme bebte.
„Wer kennt schon das Spiel des Lebens? So wie das Blütenmeer des Frühlings, das Licht des Sommers und des Herbstes reife Frucht, so müssen wir verblühen, verschatten und vergehen. Dürftig ist unser Wissen um unser Ende und um die uferlose Einsamkeit im Sterben. Der Tod bleibt uns ein Geheimnis, verbunden mit dem Seelentrost, dass wir einst ganz im Sternenhimmel beheimatet sind. Ja, wer kennt das Spiel der Götter? Auf unserer dunklen Pilgrimsreise irrlichtern Götter selbst uns oft auf falsche Pfade. So pflanzt sich das Böse auch im

rechten Glauben fort. Und wir? Wir müssen schweigen, denn mit Göttern kann man nicht rechten."
Der Priester schloss die Augen und wiederholte: „Ja, wer kennt das Spiel der Götter?"
Nach langer Stille:
„Das Orakel sagt, Adventa war ohne Schuld. Sie hatte sich geläutert und vertrat fanatisch die Wahrheit im Geist und im Leben."

Max verfasste seinen Abschlussbericht und schlug dem Kriminalhauptkommissar Schneider und dem Rechtsanwalt Dr. Hermann eine Zusammenkunft im Restaurant Maitré zur abschließenden Besprechung der Ergebnisse seiner Recherchen vor. Obwohl die Herren auserlesen und vorzüglich speisten und sich freundlich über die Ereignisse des Tages austauschten, war die Situation spannungsgeladen. Die Augen von Dr. Hermann wanderten wie immer unruhig im Raum umher, damit ihm nichts entgehe. Der Kommissar erzählte von seinem geplanten Urlaub und Max fand wiederholt anerkennende Worte für das kunstvoll hergerichtete und schmackhafte Menü. Nach Beendigung des Mahls ergriff Max ungefragt das Wort. Seine Rede war holprig, er lag im Zwiespalt mit sich selbst, aber er wusste, dass die Sache ausgetragen werden musste.

„Meine Herren, wir sind allein ohne Zeugen und ohne Richter. Mein Auftrag war klar. Warum und woran ist Adventa verstorben? Die Antwort ist ebenso eindeutig. Sie ist ein Opfer der organisierten Kriminalität. In London befindet sich die Zentrale des internationalen Kartells für Menschenhandel und Prostitution. Sie, Herr Dr. Hermann, sind für Deutschland zuständig. Ihre Profitgier ist grenzenlos. Ihr Kartell ist hierarchisch gegliedert, es hat arbeitsteilige Strukturen und nutzt legale Beziehungen und Verbindungen sehr erfolgreich. Die Armut in den Winkeln dieser Welt ist der Hebel, über die sie Mädchen und Frauen versklaven.

Adventa hat aus innerer Überzeugung und mit Leidenschaft aufbegehrt und ihre Mafiagesetze gebrochen. Durch die afrikanische Praktik des Gottesurteils, durch göttlichen Spruch, haben sie, Adventas Religiosität missbrauchend, ihren Tod heimtückisch und hinterhältig heraufbeschworen."
Max wurde von Dr. Hermann unterbrochen.
„Was reden Sie da? Haben Sie den Verstand verloren? Sind Sie zu den Mystikern gegangen?"
Der Kommissar intervenierte.
„Max, kann man beweisen, was Sie behaupten?"
„Nein."
„Gibt es Zeugen, die den Menschenhandel bestätigen?"
„Nein, Adventa ist tot. Die Mädchen, die sich hier prostituieren, wollen und werden nicht aussagen, weil sie sich selbst belasten müssten. Und sie sterben eher, als das Bundgeheimnis zu verraten"
Der Kommissar stellte fest:
„Dann ist die Sache nicht justiziabel."
Dr. Hermann schaltete sich ein.
„Sehen Sie, ich bin der Vorsitzende des Vereins zur Verteidigung der Menschenrechte. Sollte eines dieser armen Mädchen Schwierigkeiten bekommen, ein Strafverfahren oder eine Ausweisungsverfügung durch die Ausländerbehörde, so bin ich gern bereit, als Anwalt deren Verteidigung zu übernehmen. Menschlichkeit darf sich nicht in Worten erschöpfen, nein, sie bedarf tatkräftiger Hilfe."
Er erhob sich, klopfte Max wohlwollend auf die Schultern und sagte lächelnd mit einschmeichelnder Stimme im Gehen: „Mein junger Freund, Sie waren übereifrig und haben sich in dieser Sache verrannt. Kommen Sie doch morgen in meine Kanzlei, ich möchte, dass Sie einen spektakulären und sehr lukrativen Fall übernehmen."

Max wälzte zwei Tage lang Gedanken. Er empfand Hass gegen seinen Auftraggeber und war überzeugt, in ihm den Schuldigen am Tod von Adventa aufgespürt zu haben. Er sinnierte, wie er Dr. Hermann vor Gericht bringen könnte. Er kam zu keinem Ergebnis und entschloss sich deshalb, den Rechtsanwalt aufzusuchen in der Hoffnung, wenn nicht Beweise für dessen Schuld, so doch Ansatzpunkte für weitergehende Ermittlungen aufzuspüren. Er meldete sich in der Kanzlei des Anwaltes an und erhielt einen Termin für den nachfolgenden Tag. Dr. Hermann empfing ihn freundlich und ungezwungen. Er bot ihm zu trinken an, Max lehnte ab. Dr. Hermann flezte sich in einen Sessel und eröffnete jovial das Gespräch. „Nun, junger Freund, was vor drei Tagen im Maitre geschehen ist, wollen wir vergessen. Sie waren in Ihren Schlussfolgerungen sehr voreilig. Ich will nicht über meine Geschäfte sprechen. Ich versichere Ihnen, Sie sind legal. Sie haben nichts mit dem Tod von Adventa zu tun. Es ist für Sie vielleicht nicht nachvollziehbar, aber ich habe Adventa geliebt. Ich habe Ihren Bericht sehr sorgfältig gelesen.

Sie haben vorbildlich recherchiert, aber Sie haben in Ihrer Voreingenommenheit gegen mich, in Ihrer Neigung zum Mystizismus und in Ihrer Bewunderung für die Spiritualität des Ivo-Priesters Entscheidendes übersehen. Sie schildern selbst, dass bei dem hochnotpeinlichen, aber freiwilligen Verhör durch den Priester Adventa bei den ersten Fragen sich vor Schmerzen krümmte, bei der zweiten Frage nach Luft röchelte und nach der dritten Frage nicht mehr sprach, laut aufschrie und schlagartig zu Boden fiel. Glauben Sie wirklich, dass ein Mensch, der sich unschuldig fühlt, auf Fragen mit solchen intensiven körperlichen Symptomen reagiert? Wissen Sie, ich bin überzeugt, der Priester war von dem Geschehen selbst überrascht und hat es sich nicht erklären können. Seine Worte und sein Verhalten sprechen dafür. Ich habe eine Erklärung. Adventa wurde vergiftet, wurde von einer afrikanischen Substanz vergiftet, die wir in Europa nicht kennen und chemoanalytisch nicht nachweisen können. Alles spricht für ein protrahiertes Nervengift, das einen kurzzeitigen Schmerz und plötzlichen Tod durch Herzstillstand bewirkt." Max reagierte ablehnend. „Das kann nicht sein. Dann hätte der Ivo-Priester das Gift ihr, in welcher Form auch immer, verabreicht, was ich nicht glauben kann. Und das rechtsmedizinische Institut der Universität hätte die toxische Substanz im Körper der Toten auch nachgewiesen."

„Nein, gehen Sie von der Hypothese aus, dass Adventa ein uns unbekanntes oder nicht nachweisbares Gift mit verzögerter Wirkung eingenommen hat. Das muss in der Zeit zwischen Vormittag und Nachmittag des 1.6. gewesen sein. Der Priester hatte sie gegen 10 Uhr zum zweiten Mal aufgesucht, ich fand sie gegen 16 Uhr tot in der Wohnung."

Max dachte laut nach.

„Sie meinen, Sie hat sich danach noch mit jemand anderem getroffen?"

„Ja, finden Sie heraus, wem der Tod von Adventa nutzt und mit wem sie in der genannten Zeit zusammen war."

„Dann muss ich Sie fragen, Herr Anwalt, haben Sie das Geld erhalten, das Adventa von den Prostituierten kassierte und weiterleiten sollte?"

„Nein, da irrt sich mein Bodyguard. Wir betreiben nur die Clubs, in denen die Mädchen arbeiten. Wir vermieten ihnen die Zimmer. Was sie an Entlohnung von den Freiern erhalten und wie sie damit umgehen, weiß ich nicht."

Max gestand sich ein, dass er sich möglicherweise einseitig festgelegt hatte und ganz nach dem äußeren Schein seiner Tätersuche gefolgt war. Er stellte die rhetorische Frage: „Könnte es nicht ein natürlicher Tod gewesen sein?"

„Ja, könnte es. Trotzdem. Recherchieren Sie weiter!"

Max verabschiedete sich mit Handschlag. Ein unbestimmtes Gefühl sagte ihm, dass er nochmals mit Uro sprechen müsse und fuhr deshalb direkt zu ihr. Er traf sie auch in ihrer Wohnung an, trank mit ihr Kaffee und unterhielt sich mit ihr zunächst über ihren Alltag. Wie nebenbei erkundigte er sich:
„Uro, können Sie mir sagen, wer außer Adventa sich noch gegen die Zwangszahlungen und das Schuldendiktat aufgelehnt hat?"
„Vali war mit ihr sehr vertraut. Man kann sagen, beide zusammen haben versucht, uns unsere Freiheit wiederzugeben."
„Und wo treffe ich Vali?"
„Sie arbeitet jetzt im Club Rosamunde in Höxter. Manchmal telefonieren wir miteinander. Sie hat große Angst, dass sie auch von den Göttern bestraft wird. Sie arbeitet deshalb nur abends und hält sich tagsüber verborgen."
Max machte sich am folgenden Tag auf den Weg nach Höxter. Er fluchte im Auto laut vor sich hin und fragte sich, warum es die Mädchen so weit in die entlegene Provinz trieb. Er kam nachmittags in Höxter an, quartierte sich in ein kleines Hotel ein und spürte am Spätabend den Club Rosamunde in einer abgelegenen Straße auf. Er hatte nach so vielen Besuchen keine Hemmungen mehr, das Etablissement zu betreten. In der Halbdunkelheit des Gästeraums entdeckte er sehr schnell Vali. Sie war hier die einzige Afrikanerin. Er ging mit ihr aufs Zimmer und zahlte sie aus. Sie wollte sich entkleiden, er hielt sie davon ab. Er trug ihr den Grund seines Kommens vor. Trotz ihrer schwarzen Haut nahm er wahr, dass sie erblasste.
„Herr Siegel, ich habe Angst. Tante Jennifer hat mich in Dortmund aufgesucht. Sie hat mir gesagt, wenn ich mich weiter weigere, meine Schulden zu begleichen, wird mich der Fluch der Götter treffen. Adventa sei bereits bestraft worden. Sie sei tot. Die Mädchen aus Nigeria haben deshalb aus bodenloser Angst und übergroßem Schrecken ihren Widerstand gegen die Zahlungen

aufgegeben. Ich widersetze mich trotzdem diesem Ansinnen und fürchte mich sehr vor Tante Jennifer. Ich habe mich zwei Jahre lang für sie verkauft. Sie hat übermäßig von mir profitiert, das reicht. Nun bin ich vor ihr hierhin geflüchtet und weiß doch, sie wird mich aufstöbern und den Priester zu mir schicken."
Vali hielt inne. Ihre Stimme vibrierte und ihre Augen waren angstgeweitet.
„Vali, bleiben Sie ruhig, ich werde Sie fortan beschützen. Verlassen Sie sich darauf. Wissen Sie, wann Tante Jenni bei Adventa war?"
„Ja, das war am Vormittag des Todestages von Adventa. Und am nächsten Tag trafen wir uns im Club. Da überbrachte sie mir die traurige und entsetzliche Nachricht."
„Vali, erschrecken Sie nicht. Vertrauen Sie mir. Sie gehen jetzt nach Hause und morgen fahren wir gemeinsam nach Dortmund."
Vali willigte zögerlich ein. Sie kannte keinen anderen Menschen, dem sie hätte vertrauen können. Auf dem Weg nach Dortmund rief Max Dr. Hermann an.
„Ich bitte Sie, arrangieren Sie ein Treffen mit Tante Jennifer in drei Tagen, also am 15.9., um 11 Uhr im Cafe Juicy.
Es ist sehr wichtig, Vali will mit ihr über die Restschulden verhandeln und ich hoffe, dass sich Tante Jennifer selbst überführt."
Dr. Hermann sicherte zu, seinen ganzen Einfluss geltend zu machen, um Tante Jenni zum Treffen zu bewegen. Entgegen den Befürchtungen von Max erschien Tante Jennifer zur vereinbarten Zeit im Foyer des Hotels. Max und Vali warteten bereits auf sie. Sie war eine schlank gewachsene, elegant gekleidete Dame, sprach perfekt Deutsch mit englischem Akzent und strahlte Unnahbarkeit und Arroganz aus. Sie setzte sich ohne Begrüßung zu den Wartenden, übernahm sofort das Wort und wandte sich an Max:
„Ich nehme an, dass Sie Vali und Ihre Kolleginnen vertreten. Sie

streben Vertragsänderungen an und ich bin zu Kompromissen bereit. Welche Vorstellungen haben Sie?"

Max bestellte eine Flasche Wein und hielt entgegen seiner Gewohnheit eine lange Rede. Er malte das materielle Elend der Menschen in Nigeria aus, schilderte die sozialen Verhältnisse in Nigeria und den Versuch der Mädchen, dieser Not zu entfliehen. In bewegenden Worten zeichnete er nach, wie sie dabei Menschenfängern in die Hände gerieten, um schließlich über Erpressung und Unwissenheit ausgebeutet und versklavt zu werden.

„Und Sie, gnädige Frau, betreiben dieses unsagbar schmutzige Geschäft schamlos und seit Jahren. Sie sind davon reich geworden, die Mädchen aber haben ihre Ehre und Würde verloren. Ich verlange, dass alle mit Ihnen und dem Voodoo-Priester geschlossenen Verträge null und nichtig sind und Sie das bei Herrn Dr. Hermann notariell bestätigen lassen."

Frau Jennifer zeigte sich keineswegs überrascht. Nüchtern und sachlich rechnete sie auf, welche Unkosten sie für Bestechungsgelder, Reisekosten, Unterbringung, Bekleidung zu tragen hatte und ihr Gewinn aus diesem Geschäft durchaus angemessen sei. Vali verfolgte verschüchtert die Auseinandersetzung und brachte kein Wort hervor. Die Diskussion zwischen Max und der Tante ging hin und her, ohne dass sich eine Einigung abzeichnete. Schließlich zog Max seinen Joker.

„Jennifer, geben Sie auf. Wir wissen, dass Sie vor nichts zurückgeschreckt haben. Sie haben am 1.6. Adventa in der Brückenstraße in Köln aufgesucht, ihr heimlich Gift in den Kaffee getan und sie auf diese Weise heimtückisch getötet, um Ihren Menschenhandel weiter betreiben zu können. Da sitzt Vali, sie ist die Hauptbelastungszeugin. Ich gehe jetzt zum Waschraum. Wenn ich zurückkehre, will ich Ihren Verzicht hören."

Nach seiner Rückkehr blieb Max mit fragendem Blick vor

Jennifer stehen. Sie sprach leise und affektiv unbewegt:

„Herr Siegel, Sie gehen zu weit. Ich möchte unser Gespräch abbrechen. Dabei war ich ursprünglich durchaus zu Konzessionen bereit."

Max lächelte schuldbewusst.

„Verzeihen Sie mir bitte meine voreilige Unbedachtheit. Ich bin wohl noch immer zu unerfahren, um solche Verhandlungen führen zu können. Können wir uns darauf einigen, dass Sie auf 50% Ihrer Forderungen verzichten?"

„Das ist ein wenig zuviel. Sagen wir 40%."

„Okay, 40%. Und das lassen wir in einer Stunde bei Dr. Hermann notariell bestätigen. Stoßen wir darauf an!"

Max ergriff die Weingläser der Damen, überreichte unbemerkt Valis Glas Jennifer und Jennifers Glas Vali. Dann nahm er sein Glas und man stieß auf gegenseitiges Vertrauen, Gesundheit und langes Leben an.

Auf der Fahrt zu Dr. Hermann erzürnte sich Vali.

„Sie wollen mich ungefragt nach deutschem Recht vertraglich binden. Ich werde nicht unterschreiben und ich werde nicht zahlen."

Max antwortete nicht.

In der Kanzlei entwarfen Dr. Hermann und Max den Vertragstext, Vali saß dabei zornig erregt abseits und begehrte immer wieder auf.

„Ich unterschreibe nicht, Sie sind schlimmer als diese Ausbeuter."

Nach einer guten Stunde erschien Jennifer. Sie musterte immer wieder prüfend und kritisch Vali, als beide vor dem Anwalt saßen und dieser langsam, Wort für Wort betonend und immer wieder nachfragend, ob die Vertragspartner auch das Vorgelesene verstanden hätten, den Text vorlas. So mochte eine halbe Stunde vergangen sein. Der Anwalt hielt die Zeit für gekommen und fragte unvermittelt:

„Jennifer, schwören Sie, dass Sie am 1.6. nicht bei Adventa waren?"
Sie entgegnete: „Ich schwöre es."
„Wir haben Beweise, dass Sie Adventa vergiftet haben!"
Sie lachte laut auf. „Welch ein Unsinn. Warum sollte ich sie vergiften, ich wollte von ihr die ausstehenden Geldbeträge."
Max intervenierte. „Jennifer, bedenken Sie, was Sie sagen. Sie werden in kurzer Zeit an dem Gift sterben, dass Sie Adventa verabreicht und Vali ins Weinglas geschüttet haben. Ich habe im Maitree von Ihnen unbemerkt Ihr Weinglas mit dem von Vali vertauscht."
Jennifer fixierte Max und schüttelte ungläubig den Kopf. „Sie sind ein Narr, ein Dummkopf. Ich werde noch in 50 Jahren leben."
Dr. Hermann bohrte: „Was wollten Sie an diesem besagten Vormittag bei Adventa?"
„Sie schuldete mir viel Geld. Deshalb habe ich sie aufgesucht. Auf dem Treppenabsatz vor ihrer Wohnungstür kam mir Ochuko, ihr Bodygard, entgegen. Er sagte, er habe Adventa einen Rosenstrauß von Ihnen überbracht. Adventa sei unpässlich und habe sich zu Bett gelegt. Ich habe mich deshalb umgedreht und habe mit Ochuko das Haus verlassen. Ich habe sie nicht aufgesucht, obwohl ich das wollte."
„Habe ich richtig verstanden, dass er Ihnen sagte, er habe in meinem Auftrag Adventa einen Rosenstrauß überbracht?"
„Ja."
„Das stimmt nicht. Ich habe Ochuko nicht beauftragt, Adventa Rosen zu bringen. Warum sollte ich auch. Ich bin doch selbst, wohl wenig später nach Ochuko, zu ihr gegangen, um ihr das Saphirarmband zu schenken. Wie gesagt, ich habe sie tot aufgefunden. Adventa hatte eine besondere Beziehung zu Saphiren. Saphir heißt „heiß geliebt" und so fühlte sie sich. Geliebt von den Menschen, von der Natur, von Gott. Dem

Edelstein werden Eigenschaften wie Ruhe, Reinheit und Frieden zugeschrieben, ja, das traf auf sie zu." Er zog eine Schublade seines Schreibtisches auf, entnahm ihr ein kleines Schmuckkästchen und öffnete es. Zum Vorschein kam ein Reif, rundum besetzt mit kornblumenblauen Saphiren im Fassettenschliff. Max stand auf und betrachtete scheinbar fasziniert den Schmuck. Tatsächlich wollte er nur Zeit gewinnen, um die neue Situation überdenken zu können. Er fühlte sich überrumpelt und versuchte sich zu erinnern, was und wie Ochuko ihm von Adventa berichtet hatte. Ihm fiel nur der Satz ein: „Sie war eine Heilige."
Dr. Hermann trommelten nervös mit den Fingern auf der Schreibtischplatte. „Also Ochuko. Aber warum, warum?"
Max hatte sich inzwischen entschieden. Er wandte sich an Dr. Hermann. „Wir müssen Kriminalhauptkommissar Schneider informieren. Rufen Sie Ochuko an, er soll uns in die Stadt fahren. Wir werden uns mit ihm direkt zum Polizeipräsidium begeben. Sie, Frau Jennifer, halten sich als Zeugin bereit."
Jennifer bemerkte bissig: „Natürlich, sehr gern und das in der Hoffnung, dass Sie nicht noch einen weiteren Täter präsentieren."
Die Vorzimmerdame meldete, dass Ochuko vor dem Hause mit dem Mercedes abfahrbereit warte. Der Anwalt und Max verließen sofort die Kanzlei, eilten zum Auto und stiegen ein. Ochuko fuhr langsam an, ohne nach dem Ziel zu fragen. Max und der Anwalt schwiegen. Nach kurzer Fahrt sprach Ochuko, ohne seine Stimme zu erheben, ruhig und gelassen: „Es ist ein spät wirkendes afrikanisches Gift aus Essenzen von Strophanum, Fächerlilie, Swartzia und dem Speichel der Najas. Unser Schamane hat die Götter befragt. Sie haben das Gottesurteil befohlen. Adventa war meine Frau." Max drehte sich überrascht zum Anwalt. „Und Sie haben gewusst, dass Ochuko und Adventa verheiratet sind?" Der Anwalt zündete sich gemächlich eine Zigarre an. „Ja, ich habe es gewusst. Wissen Sie, was bedeutet heutzutage schon die Ehe. Sie

ist veraltet, unverbindlich und inhaltsleer geworden. Und bei Schwulen zu spießbürgerlicher Nachäfferei verkommen. Das ist unsere Wirklichkeit, in die weder Liebe mit Treue, geschweige denn Mord aus Liebe passen. Die Forderung der Götter seiner Ahnen überrascht mich allerdings." Ochuko unterbrach den Anwalt:" Sie hat sich dem Gebot unserer Götter widersetzt und trotz Ermahnung nicht den Zehnten ihres Gewinns abgeführt. So konnten unsere Priester zum Fest der Erderneuerung den guten und helfenden Geistern nicht Opfer darbringen. Die Erde in Afrika ist verdorrt, die Tiere sind verhungert und die Menschen starben. Die Geister mussten besänftigt und durch göttliches Urteil musste geklärt werden, ab Adventa aus Selbstsucht oder Nächstenliebe, schuldhaft oder unschuldig gehandelt hat. Wir beiden wussten, dass ihr nichts wichtiger war, als die Ehre und Würde des Menschen - als Ebenbild Gottes - zu verteidigen. Deshalb hat sie im Glauben an das Gute und die göttliche Weisheit das Wahrheitswasser des Schamanen getrunken, um ihre Unschuld zu beweisen. Die Götter haben gesprochen und daran ist nichts zu ändern."
Der Anwalt kommentierte kühlrational: „So ist es. Hier Bodenlosigkeit und Entgrenzung, dort das abgründige Dunkel mystisch-archaischer Gebote, beide sind unvereinbar mit Lebenssinn und Lebensglück. Wir fahren zurück." Die Anweisung verschlug Max die Sprache. In seinem Kopf rumorte es: „Sie lügen und vertuschen alle - was nun, was nun. Schneider muss ran."

Zwei Tage später sprach KHK Schneider im Büro von Dr. Hermann vor. Er wollte Ochuko nach den näheren Umständen der Gifteinnahme von Adventa befragen. Dr. Hermann bedauerte. „Herr Schneider, es tut mir aufrichtig leid, Ochuko ist gestern nach Lagos geflogen. Er war nicht aufzuhalten, es zog ihn in seine Heimat."

Verschollene Jahre

Man schrieb den 2. Dezember 1946. Reinhold hörte die Schritte der sich nähernden Soldaten. Er kroch in ein schmales Erdloch, bedeckte sich mit zwei halbverfaulten Birkenstämmen und flüsterte: „Sie kommen." Sein jüngerer Bruder Gerhard lag vor ihm auf der eisigen Erde. Beide Knaben, 11 und 12 Jahre alt, hielten den Atem an. Ihre Zähne schlugen aufeinander und ihre Körper zitterten vor Kälte und Angst. Zwei russische Wachsoldaten, rauchend und sich laut unterhaltend, schritten in einer Entfernung von etwa zwei Meter am Versteck der Jungen vorbei, ohne es zu bemerken. Nachdem ihre Schritte verhallt waren, stieß Reinhold seinen Bruder an. „Los!" Der zwängte sich durch einen schmalen kurzen Erdtunnel unter die Dielen der Baracke, richtete sich auf, schob zwei Bohlen beiseite und konnte sich durch die so entstandene Lücke in den Innenraum der Baracke hochstemmen. Er stand im Magazin des Wachbatallions. Gerhard wusste, dass er keine Fehler begehen durfte. Er musste sich leise und vorsichtig bewegen, um keinen Lärm zu machen. Das war nicht einfach, denn es war Nacht und er konnte nur schattenhaft die Umrisse der Gegenstände im Vorratsraum erkennen. Vor der abgeschlossenen Barackentür standen Wachposten und in der nächtlichen Stille war selbst ein leises Geräusch wahrnehmbar. Reinhold reichte seinem Bruder zwei Stoffbeutel und eine Holzkelle, mit denen sich Gerhard von Sack zu Sack schlich. Ihm war von der Mutter eingeprägt worden, nur aus bereits geöffneten Säcken Lebensmittel zu entnehmen und auf keinen Fall Waren zu stehlen, die in der Regel abgezählt waren wie Gebäck, Würste, Schinken

oder Kleidung. Gerhard ertastete offene Säcke, die Erbsen, Bohnen und Mehl enthielten. Er füllte behutsam mit der Kelle einen Beutel mit Erbsen, den anderen mit Bohnen. Dann kehrte er vorsichtig zum Schlupfloch zurück, übergab dem Bruder die Beute, der ihm zwei weitere Säckchen aushändigte. Die füllte Gerhard mit Mehl und trat danach mit der gebotenen Vorsicht den Rückzug an. Die Knaben schlossen die zwei Bohlen fugendicht ab, verschnürten die Beutel und krochen zum Erdeingang zurück. Dort warteten sie, bis die Patrouille ihr Versteck passiert hatte, schoben die Birkenstämme auseinander, krochen aus der Grube und überdeckten hastig das kleine Erdloch mit den Stämmen. Sie huschten zum Drahtzaun, robbten unter ihm hindurch und rannten, sich nach allen Seiten absichernd, zu ihrer Wohnbaracke.
Asbest, an den östlichen Hängen des Ural in Sibirien gelegen, hatte neben einem Gulag die Kriegsgefangenenlager 84 und 314 für deutsche Kriegsgefangene, in die nach der deutschen Kapitulation auch Zivilinternierte eingewiesen wurden. Das Lager 84 bestand aus 12 Baracken. Die größte Baracke beherbergte die Unterkunft der Wachmannschaft und die Kommandantura mit angeschlossenem Magazin. Diese Baracke war mit einem zwei Meter hohen Zaun gesichert, innerhalb dessen Soldaten patroullierten. Fünf Baracken waren für die deutschen Internierten gedacht, die wie Gefangene behandelt wurden. Gott weiß allein, nach welchen Kriterien die Internierten ausgewählt worden waren. Es gab Familien und Alleinstehende, die Nationalitäten waren ebenso vermischt wie Gesunde und Kranke.
Die Kriegsgefangenen und die Internierten wurden wie die politischen Häftlinge aus dem Besserungsarbeitslager im Tagebau zur Asbestgewinnung eingesetzt. Die Familie Auerbach stammte aus Shitonir in der Nähe von Kiew. Sie waren deutschstämmig. Als die deutsche Armee im Jahre 1941 die Ukraine überrannte, wurde Herr Auerbach, obwohl sowjetischer Staatsbürger, zur

Wehrmacht eingezogen. Nach Kriegsende geriet er in sowjetische Gefangenschaft und wurde als Vaterlandsverräter standrechtlich erschossen. Frau Auerbach gelang es, vor Einrücken der Roten Armee mit ihren drei Kindern nach Neuruppin zu flüchten. Dort wurde sie von der Sowjetarmee überrollt und erlebte das Kriegsende. Sie versuchte, mit den Kindern in die englische Besatzungszone zu übersiedeln. Beim Grenzübergang stellten englische Soldaten anhand ihres Passes fest, dass sie eine faschistische Kollaborateurin aus der Ukraine sei. Es half kein Bitten und kein Flehen, sie und ihre drei Kinder wurden vertragsgemäß den russischen Verbündeten ausgeliefert. Man versprach, sie in ihre ukrainische Heimat zu repatriieren. Den Kindern wolle man die beschwerliche Rückreise ersparen und sie zunächst in einem Kinderheim unterbringen. Den Kindern werde es an nichts fehlen, man meine es nur gut, der Sowjetmacht dürfe man vertrauen. Frau Auerbach weigerte sich, ihre Kinder abzugeben. Die Kinder klammerten sich an ihre Mutter, schrien und weinten und ließen sich nicht voneinander trennen. Schließlich sperrte man die Familie in einen Viehwaggon ein, der vollgepfercht war von Menschen, denen man irgendein antisowjetisches Vergehen anlastete und sie nun, entgegen allen Versicherungen, nach Sibirien transportierte. Der Zug hielt gelegentlich, dann durften die Verschleppten den Unrat entsorgen und sie erhielten pro Waggon ein Fass Trinkwasser.

Nahrungsmittel wurden nicht verteilt. Das Ziel der Reise blieb ihnen unbekannt. Die zweijährige Tochter von Frau Auerbach, ihr jüngstes Kind, verstarb nach 15 Tagen Fahrt an Unterernährung und Unterkühlung. Ihr Leichnam wurde während eines Haltes neben die Eisenbahnschienen abgelegt. Nach 22 Tagen erreichte der Zug Asbest. Frau Auerbach und ihre Jungen wurden zu einer Baracke geführt, die sich in einem erbärmlichen Zustand befand. Sie wurden in ein Zimmer von etwa 16qm einquartiert. Im

Zimmer befanden sich Strohsäcke, auf denen jeweils zwei Wolldecken lagen. Es war bereits von einem Deutsch sprechenden Mann bewohnt, der erkennbar todkrank war. Er hatte Atembeschwerden und rang selbst nach kurzer Rede nach Luft. Der Asbeststaub hatte seine Lungen funktionsuntüchtig gemacht. Er begrüßte die neuen Bewohner mit düsterer Prophezeiung: „Ich bin Herr Sauer, Professor Sauer. Ich bin Wolga-Deutscher und habe an der Universität Swerdlowsk Chemie gelehrt. Nach dem Stalinerlass vom 30.8.1941 wurde ich hierhin deportiert und musste im Asbesttagebau arbeiten. Ihr seht, was aus mir geworden ist. Ihr werdet sterben, so wie ich und die Kameraden vor mir. Man wird euch nichts zu essen geben und der Frost wird euch vereisen. Meine Stunden sind gezählt, aber ihr, meine Jungen, könnt euch retten." Er erzählte, dass er nach seiner Verbannung zunächst helfen musste, die Baracken aufzubauen. Zusammen mit anderen Kameraden habe man verstanden, einen geheimen Zugang zum Warenmagazin der Wachmannschaft zu legen. Ab und an habe man Nahrungsmittel aus diesem Vorratsraum gestohlen, und so das eigene Überleben gesichert. Er beschrieb den Knaben sehr detailliert, wann und wie sie auf diese Weise Nahrungsmittel beschaffen könnten und welchen Gefahren sie sich dabei aussetzten. „Ihr müsst wissen, hier gilt die Devise, wer nicht arbeitet, soll nicht essen. Wollt ihr überleben, so müsst ihr das Verwerfliche tun, so schändlich es auch ist. Ich werde euch zu späterer Zeit noch andere Überlebenstechniken lehren." Die Jungen waren zur Tat schnell entschlossen, die Mutter war darüber entsetzt. Die Familie erhielt täglich pro Person eine Kartoffel und 30 Gramm Brot zugeteilt. Nach bereits fünf Tagen Lageraufenthalt zwang der Hunger die Verschleppten zum Handeln. Die Zeit war günstig. Die Erde war bereits tief gefroren, aber es lag noch kein Schnee. Die nächtlichen Temperaturen erreichten bis zu Minus 20 Grad Celsius, weshalb man die täglich anfallenden Leichen des Lagers zu einer abseitigen Scheune karrte, dort übereinander stapelte und darauf wartete, bis sie im Juni nach der Eisschmelze in einem Massengrab beerdigt werden konnten. Professor Sauer regte an, die Gunst der Stunde zu nutzen und die Vorräte der Soldaten zu plündern. Er besprach mit den Jungen jedes Detail des Raubzuges und übte mit ihnen das Vorgehen Schritt für Schritt ein. Mutter Auerbach hatte ihren Widerstand aufgegeben. Bei einem Unfall vor Jahren waren die Räder eines Fuhrwerks über ihre Beine gefahren und hatten Trümmerbrüche verursacht. Sie blieb davon hochgradig geh- und bewegungsbehindert. Sie konnte deshalb nicht zur Arbeit eingesetzt werden. Die Kinder wurden im Lager erst ab dem 13. Lebensjahr zur Arbeit herangezogen. Der erste Einbruchdiebstahl von Reinhold und Gerhard verlief wie von Professor Sauer bedacht und geplant. Die Jungen wiederholten so oft es ging die Einbruchsdiebstähle und optimierten dabei ihr Vorgehen. Die Mutter wartete bei jedem Einbruchsunternehmen mit Herzjagen und durchgeschwitzt auf ihre Buben. Die Zeit schien ihr stillzustehen, sie humpelte im kleinen Raum auf und ab, während Professor Sauer sie tröstete: „Mamutschka, sie schaffen es, glaube mir, sie schaffen es." In der Nacht, bevor der erste Schnee fiel, standen die Jungen wieder einmal hechelnd in der Tür des Zimmers. Man konnte sie kaum sehen, aber von ihnen ging körperlich spürbar triumphierender Stolz aus. Sie warfen das erbeutete Gut auf das Familienbett, die Kinder umarmten die Mutter und schmiegten sich an sie. Keine Worte, keine Tränen, wie auch, wo soeben ein Todesgang überstanden und ein Stück Leben gewonnen war. Nach kurzer Zeit löste sich die spirituelle Einheit von Körper und Seele der Familie auf. Die Mutter versteckte die Lebensmittel, Gerhard aber zog unter seiner Jacke eine große geringelte Fleischwurst und ein großes Stück Speck hervor. Er hatte im Magazin der Versuchung nicht widerstehen können. Und so erging es auch den Ausgehungerten. Sie lachten, schüttelten ungläubig den Kopf, küssten Gerhard und schluckten den vom Fleischgeruch ausgelösten Mundspeichel hinunter. Die Mutter teilte die Wurst in vier gleichlange Stücke und alle gaben sich dem Genuss hingebungsvoll hin. Dann legte man sich nieder, umhüllte sich mit den Decken und suchte die Nähe und Wärme des Anderen.

Die Jungen hatten bis zum ersten Schnee einen kleinen Vorrat an Nahrungsmitteln angelegt. Mit dem Schnee wurde es von Tag zu Tag frostiger. Sie erkundeten in der Dämmerung die Umgebung und verließen trotz Verbotes die Grenzen der Strafkolonie. Sie sammelten und nahmen mit sich, was sie für nützlich oder brauchbar hielten. Die Mutter war dankbar für jedes Scheit Holz, mit dem sie den Kanonenofen befeuern konnte. Sie brachte Ordnung in die kleine Stube. Der körperliche Zustand von Professor Sauer verschlechterte sich rapide. Er hämmerte den Jungen täglich ein: „Kämpft um euer Leben. Ihr seid stark. Auf euch ruht die Hoffnung, dass die Welt einmal erfährt, was uns angetan wird." Er wurde zum Mentor der Knaben. „Begeht keinen Verrat an euch selbst! Erhaltet euer Leben, ihr müsst physisch überleben. Aber das ist nur möglich, wenn ihr mit eigenem Denken die Welt durchschaut und die ewigen, ehernen Gesetze des Universums erkennt, im Kleinen wie im Großen. Erlernt die Gesetze der physischen Welt zu verstehen und anzuwenden und mit den übersinnlichen Offenbarungen und Erfahrungen der geistigen Welt zu verbinden. Bejaht eure Spiritualität als Teil der beständigen und vergänglichen Schöpfung, die Kraft, Glück und Freiheit begründen." Er unterrichtete sie in Naturwissenschaft und Philosophie. Als Mitte Januar die Essensvorräte zu Ende gingen, rief er die Jungen zu seinem Lager. Er schob zwei Bretter beiseite, die einen kleinen versteckten Raum freigaben. Er holte eine Flasche hervor und erklärte: „Seht her, das ist die zweite

Überlebenschance. Eure Diebesgänge haben keine Zukunft. In diesem Verschlag befindet sich eine selbstgebastelte Destillieranlage. Da ist ein Spiritusbrenner, da ist ein Kessel mit Thermometer sowie eine Kühlspirale und ein Auffangbehälter." Er brachte den Knaben bei, in welchem Verhältnis Weizen, Roggen, Kartoffeln oder sonstige organische Stoffe mit Wasser vermischt, die Würze mit Hefe versetzt, wie die Gärung der Maische gebrannt, der Alkohol mehrmals gefiltert, und so ein möglichst reiner Alkohol gewonnen wird. „Damit könnt ihr guten sauberen Wodka herstellen. Ihr wisst, jeden zweiten Freitag kommt der Unteroffizier Vladimir mit zwei Soldaten in einem Panjewagen vorbei, um uns unser Deputat auszuhändigen. Er bringt die Grundstoffe für die Herstellung von Wodka und leere Flaschen mit, wir tauschen den von uns produzierten Wodka gegen Brot, Mehl, Schmalz, Kartoffeln um, je nachdem, was er auftreiben kann. Es ist ein gefährliches Geschäft, es kann unser Leben kosten, aber wir haben keine Wahl." Unter Anleitung des Professors wurden die Jungen zu guten Schnapsbrennern. Mitte März verließ der Professor nachts von der Familie unbemerkt die Baracke. Er schleppte sich mühselig und nach Luft ringend durch den Tiefschnee zur Leichenscheune. Er kroch mit letzter Kraft auf die etwa einen Meter hoch aufgetürmten und gefrorenen Toten und legte sich zu oberst zu ihnen. Er bekreuzigte sich, sprach die ersten Sätze vom Vater unser und wurde vom Frost in den Tod geleitet.

Familie Auerbach durfte im Barackenzimmer wohnen bleiben. Im Sommer 1947 wurde das Leben im Lager erträglicher. Die meisten Lagerinsassen arbeiteten im Tagebau. Die Lebensmittelrationen wurden erhöht, sodass weniger Menschen verendeten. Der Zufluss an Strafgefangenen und Internierten ließ nach. Der Bewegungsfreiraum wurde erweitert, die Begrenzung der Ausgehzeiten wurde aufgehoben. Reinhold und Gerhard wurden zur Arbeit im Tagebau eingezogen. Sie mussten den mit Spitzhacken losgeschlagenen Asbest in einem Behälter zu tiefer gelegenen Loren tragen und in sie einkippen. Nach sechs Wochen wendete sich Reinhold an den russischen Vorarbeiter. „Unser weiser Führer Stalin hat in seinem Buch „Ökonomische Probleme des Sozialismus" beschrieben, dass erst der Sozialismus die schöpferische Kraft des Menschen entfaltet und nur durch die schöpferische Kraft des Menschen der Sozialismus erbaut werden kann. Das ist die geniale Interpretation von Karl Marx, dass erst im Sozialismus die Entfremdung des Menschen von seiner Arbeit aufgehoben wird, die Arbeitskraft also keine Ware mehr ist. In Anwendung dieser wissenschaftlichen Erkenntnis rege ich an, den Transport von Asbest in der Weise zu optimieren, dass er vom Hacker direkt über eine Rutsche in die Kipplore geleitet wird." Der Vorarbeiter war verblüfft. „Was sagst du da? Hat Stalin sich wirklich um unseren Tagebau Gedanken gemacht? Woher weißt du das?"

„Ich lese täglich die Anweisungen unseres weisen Führers. Du etwa nicht?" Der Vorarbeiter gab keine Antwort. Er verließ eilends den Ort und erschien nach kurzer Zeit in Begleitung dreier Männer. Der Ranghöchste, ein Politkommissar sagte: „Ich höre, dass Du Marx und Stalin liest?" „Nicht nur, auch die Schriften von Lenin. Und dazu die Ausführung von Stalin im Lehrbuch der politischen Ökonomie." „Das ist gut, sehr gut. Und was schlägst du vor?"

„Wir können die Rentabilität unseres Betriebes erhöhen und das Planziel übertreffen, wenn wir menschliche Arbeit durch Produktionsmittel ersetzen, hier durch einfache Rutschen." Reinhold detaillierte seinen Verbesserungsvorschlag, fand Zustimmung, wurde nach zwei Tagen von der Arbeit freigestellt und zum Schulbesuch verpflichtet. Hier lernte er, mit gespaltener Zunge zu reden. Er glaubte nicht, was ihm gelehrt wurde, repetierte aber mit geschmeidigen Worten die Lehrinhalte. „Reinhold, was weißt du über die Vererbungslehre?" „Die Forschungen unseres großen Biologen Lyssenko haben wissenschaftlich einwandfrei ergeben, dass erworbene Eigenschaften vererbt werden. Der Kapitalismus behauptet dagegen, dass Eigenschaften vor allem durch Gene weitergegeben werden. Es handelt sich hierbei um Theorien, die der Unterdrückung und Ausbeutung der Arbeiterklasse dienen. Man will den Arbeitern einreden, dass sie weniger befähigt seien als die Herrschenden. Die Jarovisation von Weizensaatgut belegt, dass Umweltbedingungen, zum Beispiel Frost, aus Weizenpflanzen Winterpflanzen entstehen lassen. Gene sind unsozialistisch und falsch, weil sie den neuen Typus des sozialistischen Menschen mit neuem Bewusstsein durch Vererbung anerzogener sozialistischer Eigenschaften negieren." Reinhold wurde junger Pionier, später Komsomolze. Er schrie bei offiziellen Feiern und beim morgendlichen Appell die ausgegebene Parole der Partei, wiederholte, dass die Sowjetbürger in Freiheit und Wohlstand, die Menschen im kapitalistischen Ausland in Unterdrückung und materieller Not lebten, dass Religion das Opium für das Volk sei und der Aufbau des Kommunismus die Liquidierung seiner Feinde erfordere. Der Kommunismus werde naturgesetzlich auf der ganzen Welt siegen und allen Menschen Glück und ewigen Frieden bringen. Die große Sowjetunion unter Führung des allwissenden Stalin gehe dieser Entwicklung voran. Familie Auerbach wurde ein bescheidener Wohlstand ermöglicht. Die Jungen schliefen inzwischen auf Holzgestellen, man hatte einen Tisch und Baumstümpfe als Sitzgelegenheit, besaß zwei Töpfe aus Metall, sebstgeschnitzte Teller, Löffel, Gabel und Messer aus Holz. Die Jungen brannten weiter Schnaps, die Lebenswirklichkeit entlarvte alle Behauptungen vom hohen Lebensstandard der Menschen als Daseinslügen. Reinhold bekam Gelegenheit, sich mit anderen Internierten zu unterhalten. Er nahm begierig die Erzählungen der Alten aus vergangener Zeit in sich auf und malte sich in Gedanken eine ideale Welt, die angesiedelt war in weiter Ferne, im Westen Europas. Er wurde stolz auf sein Deutschtum und verzerrte gedanklich auf seine Weise das Weltgeschehen. In ihm wuchs vor allem die Überzeugung, dass es eine Macht, eine Kraft, einen Gott gibt, der das Geschick der Menschen lenkt und alles zum Guten fügt. Ihm waren nie Glaubensinhalte vermittelt worden. Jede Form von religiöser Betätigung oder gedanklicher Auseinandersetzung wurde im Lager mit Nahrungsentzug oder Haft sanktioniert. Und doch generierte Reinhold mit zunehmender Bewusstwerdung entgegen seiner konkreten und sinnlichen Erfahrung und ohne Belehrung für sich die Existenz Gottes. Gott wurde für ihn eine immaterielle Realität, die er zunehmend mit Bewunderung, Demut und Beglückung in der Natur und ihren Geschöpfen erkannte. Er entwickelte einen optimistischen und zugreifenden Charakter, durchdrungen vom Sauerteig existenzieller Traurigkeit. Er hielt fest an seinem gefühlsgetragenen Glauben und an einen Wertekanon, den er sich selbst gegeben hatte: Treue, Pflicht und Verantwortlichkeit. Den Russen in Asbest war er aufrichtig zugetan. Ihre Biografien waren ebenfalls die von Verfolgung und Leid und unterschieden sich nur wenig von seinem Leben. Sie hatten sich allerdings zu großen Teilen aufgegeben und stillten ihre dürstenden Seelen nach Freude und Vergessen mit Alkohol, so oft sie konnten.

Reinhold lernte in der Schule leicht und schnell, übersprang mehrere Klassen und beendete die zehnte Klasse mit Abschluss. Wie sein älterer Bruder durfte er sich zum Maschinenschlosser ausbilden lassen, arbeitete zunächst in der Reparaturwerkstatt des Kombinats und wurde danach als Lokführer im Tagebau eingesetzt. Er war verlässlich, galt als still, aber umgänglich. Er leistete Überstunden ab und verdiente für russische Verhältnisse gut. Der Stalinerlass aus dem Jahre 1941 war inzwischen aufgehoben worden, die Internierten durften sich in Russland frei bewegen. Er trat der Partei bei, als ihm dies nahegelegt wurde. Mit 22 Jahren wurde er als Held der Arbeit ausgezeichnet. Für Asbest war es eine kleine Sensation. Er war der erste ehemals Internierte, dem diese Ehrung zuteil wurde. Zusammen mit seinem Bruder erhielt er die Genehmigung, auf einer Parzelle ein Holzhaus für zwei Familien zu erbauen. Die Familie lebte nun in bescheidenen, aber menschenwürdigen Verhältnissen. Am Tage, als ihm der Orden feierlich im Versammlungssaal der Partei überreicht wurde, lernte Reinhold Sonja kennen. Der Parteisekretär hielt eine flammende Rede über die sozialistische Umgestaltung des Lebens und hob die Verdienste von Reinhold hervor. Er heftete Reinhold den Orden an die Brust. Dann betrat Sonja, bekleidet mit dem Blauhemd der Komsomolzen, die Bühne und übergab Reinhold unbeholfen und link mit einem tiefen Knicks einen Blumenstrauß roter Nelken. Ihm Saal brach lautes Gelächter aus. Reinhold und Sonja waren irritiert und konnten sich diese ungewöhnliche Reaktion nicht erklären. Aus Verlegenheit stellte sich Sonja auf ihre Fußspitzen, Reinhold beugte sich zu ihr nieder und beide küssten sich. Der Parteisekretär kommentierte mit Humor: „Diesen Hofknicks hat unsere Komsomolzin bei Hof des Deutschen Kaisers erlernt. Aber er gilt einem Arbeiterheld." Beifall brandete auf, Reinhold und Sonja schauten sich an, erschrocken, verlegen und verunsichert. Beide nahmen den anderen in sich auf und verwoben sich im Blick, im Lächeln, im Händedruck, ohne noch zu wissen, dass sie füreinander bestimmt waren und sich bereits liebten. Reinhold war groß, blondhaarig, blauäugig und schlaksig in seinen Bewegungen. Sonja war ein zierliches, zartgliedriges Mädchen mit braunen geistvollen Augen von lebhaftem Ausdruck. Beide schauten sich an, einer im Anblick des anderen versunken und beide fühlten, dass noch

etwas kommen würde nach dem verlegenen Lächeln und dem Schweigen. Nachdem sie ihre Plätze im Saal wieder eingenommen hatten und zur Sprache zurückgefunden hatten, verabredeten sie sich für den nächsten Tag. Sie trafen sich und trafen sich wieder, gestanden sich ihre Liebe, liebten sich und beschlossen zu heiraten. Reinhold suchte in den Abendstunden eines Sonntags den Vater von Sonja auf. Ihr Vater war Maschinenbauingenieur und bereits 1944 als Deutscher von Besarabien, der späteren Sowjetrepublik Moldawien, mit seiner Frau und den Kindern nach Asbest verschleppt worden. Hier verstarben an Hunger, Krankheit und Kälte seine Frau und drei seiner Kinder. Er konnte und durfte sie nicht begraben. Erst im Spätfrühjahr, der Geruch der Verwesung lag bereits schwer in der Luft, wurden sie, von Kalk unkenntlich überzogen, in einem Massengrab verscharrt. Hass zerfraß die Seele von Sonjas Vater, er verfluchte jeden anbrechenden Morgen. Er verschloss sich anderen Menschen und sprach nur wenig. Er lebte mit einer Deutschen zusammen, der ebenfalls ihre Liebsten hinweggerafft worden waren. Reinhold saß nun Herrn Bergmann, dem Vater Sonjas gegenüber. Er hielt seine Hände im Schoß und spielte nervös mit den Fingern. Er stellte sich mit seinem Namen vor. „Wir kommen aus der Ukraine. Meine Mutter ist gehbehindert. Sie ist arbeitsuntauglich. Mein Bruder und ich müssen für sie sorgen."
„Wir habt ihr überlebt?"
„Wir kannten einen Professor, also wir wurden in sein Zimmer eingewiesen. Er brannte heimlich Schnaps. Sie wissen doch…"
„Ja, ich weiß."
„Ich bin Lokführer im Tagebau."
„Ich habe es gehört, du bist ausgezeichnet worden. Bist ein Held der Arbeit, ein tüchtiger Sowjetbürger."
„Ich bin Deutscher. Mein Bruder und ich und unsere Mutter, wir

wollen…" Er hielt kurz inne. „Wir wollen leben."
„Das wollen wir alle. Aber können wir hier leben? Dort die Massengräber mit unseren Toten, dort der Tagebau, der uns vergiftet, und wir als Zwangsarbeiter versklavt, bis wir sterben."
Sonja trat hinzu und stupste Reinhold in den Rücken, damit er auf das eigentliche Anliegen zu sprechen komme. Ihr Vater schüttelte den Kopf. „Lass das Sonja, ich weiß, dass ihr heiraten wollt. Ich gebe euch auch meinen Segen. Ich vertraue ihm. Seid euch treu und liebt euch bis in den Tod, wie eure Eltern es euch vorgelebt haben. Ich habe nur einen Wunsch, denn ich weiß nicht, wie viel Zeit mir Gott noch gibt. Wann immer es euch möglich ist, kehrt in unsere Heimat zurück. Verlasst diesen Ort des Grauens."
Sonja und Reinhold erklärten sich bei der Regionalverwaltung als verheiratet und ließen sich eine Heiratsurkunde ausstellen. Heimlich in aller Stille segnete ein von den Internierten gewählter Prediger ihren Bund. Wie alle Jungvermählten glaubten sie an die Unsterblichkeit ihrer Liebe und sahen der Zukunft hoffnungsfroh entgegen. Dem jungen Ehepaar wurden sieben Tage Sonderurlaub gewährt. Sie besichtigten Swerdlowsk, das ehemalige Jakaterinenburg, ritten in die Steppe und fuhren mit dem Boot auf der Reft. Am vierten Urlaubstag ruderten sie auf der Reft zu einer kleinen Sandbank, um dort zu schwimmen und sich unbemerkt in einer kleinen Lichtung lieben zu können. Sie hörten aus dem umgebenden Gebüsch stöhnende Laute. Reinhold ging den Geräuschen nach und stand nach einigen Metern vor einem offenen Bretterverschlag, wie sie sich Angler notdürftig als Schutz vor Sonne und Regen zusammenzimmern. Dort lag ein Mann mit zerrissener und schmutziger Arbeitskleidung, der angesichts von Reinhold sich halb aufrichtete und mit Angst erweiterten Augen ihn anstarrte. Reinhold trat näher. „Wer sind Sie, kann ich Ihnen helfen?" Sonja erschien und beugte sich über den Liegenden. „Er hat Fieber. Wir müssen Hilfe rufen." Der

Unbekannte wehrte ab. „Nein, nein, keine Hilfe. Haben Sie Wasser?" Sonja lief, den Proviantkorb zu holen. Sie reichte ihm die Flasche mit Tee und bot ihm Brot an. Er trank hastig in kleinen Schlückchen und aß ein wenig vom Brot. Reinhold stützte den Unbekannten und sah dabei eine Nummer auf dem Rücken seiner Arbeitsjacke. „Sie sind aus Asbest geflohen. Ich habe gehört, dass einige Politische aus dem Gulag entwichen sind. Wir sind Zivilinternierte. Sie brauchen sich vor uns nicht zu fürchten." Der Flüchtige zögerte. „Ich komme aus Moskau, ich bin Arzt. Ich habe Demonstrationen für die Zulassung von Parteien organisiert und Flugblätter verfasst. Deshalb bin ich zu 12 Jahren Arbeitsbesserungslager verurteilt worden. Das war vor drei Jahren. Vor zwei Tagen sind wir zu Viert aus dem Gulag geflüchtet. Ich bin krank und habe es nur bis hierhin geschafft. Gehen Sie, schweigen Sie. Gefährden Sie sich nicht selbst. Bitte." Reinhold überlegte. „Meine Frau und ich haben noch drei Tage Urlaub. Wir werden Ihnen etwas zu essen, Wasser und Anziehsachen bringen. Sie sind Arzt, was für Medikamente brauchen Sie?" „Aspirin." „Und Ihr Name?" „Doktor Mirov."
Reinhold und Sonja überließen dem Dissidenten ihre Decke und die mitgebrachte Verpflegung. Auf dem Heimweg sprachen sie wenig miteinander. Der Schatten von Angst und Furcht begleitete sie. „Liebster, tun wir das Richtige?" „Ja." „Und wenn man uns entdeckt?" „Beschwöre nicht die Finsternis." „Wer wird uns dann helfen?" „Der Glaube."
Reinhold suchte im Lager den Gichtigen auf. So nannte man den geheimen deutschen Vertrauensmann. Sein Alter war unbekannt. Alles an ihm war verkrüppelt. Seine Gelenke an Fingern und Füßen waren geschwollen und voller Knoten, er litt häufig an Gichtanfällen. Bei ihm lösten sich einzelne Knochen auf, er war nahezu bewegungsunfähig. Er war aber absolut verschwiegen, hatte Widerständler um sich gesammelt und begründete sein Tun

damit, dass er in seinem Leben nichts mehr zu verlieren habe. Er hörte dem Bericht von Reinhold aufmerksam, kommentarlos und ohne Nachfrage zu. Dann wies er Reinhold an: „Ihr beide unternehmt nichts. Morgenfrüh macht ihr einen kleinen Ausritt in die Steppe. Am Nachmittag seid ihr um vier Uhr an der südlichen Reft. Dort warten zwei Pärchen auf euch. Ihr fahrt mit einem Boot zur Sandbank, dort begnügt ihr euch mit Schwimmen. Du und der Sanitäter Rudolf bringt schnell bei passender Gelegenheit ein Paket, das sich im Boot befinden wird, zum Dissidenten. Rudolf wird ihn untersuchen. Das war es. Das Weitere wird sich finden. Gott beschütze euch und den Flüchtigen." Die sechs jungen Leute brachen an zwei Tagen zum Wasservergnügen auf. Es war Sommer und die Tage waren unerträglich heiß. Der Gichtige ließ am Freitag mitteilen, dass am Sonntag eine Gruppe der Internierten nach Swerdlowsk fahren werde, um dort die Kunstausstellung „Gemälde der Eremitage – vor den Nazis gerettet in Swerdlowsk 1942-1946" zu besichtigen. 24 Deutsche fuhren an diesem Tag auf einem Lastkraftwagen des Asbestkombinats nach Swerdlowsk. Sie besichtigten neben der Ausstellung weitere Sehenswürdigkeiten der Stadt. Keiner schien zu bemerken, dass ein Fremder sich am Treffpunkt ihnen zugesellt hatte und auf der Rückfahrt fehlte. Man saß auf dem Boden des Lastwagens, der über die Straße holperte, trank Wodka aus Flaschen, die in der Runde kreisten. Die Stimmung war ausgelassen, in den Gesichtern spiegelte sich Triumph. Sonja saß Reinhold gegenüber. Der kühlende Fahrtwind zerzauste ihr Haar. Sie richtete sich auf. Er bewunderte ihre Schönheit. Sie breitete ihre Arme aus, hob und senkte sie majestätisch, reckte ihr Gesicht der verblassenden Sonne zu.

„Seht, ich bin eine Flussseeschwalbe. Ich gleite hoch in den Lüften, bin frei und ohne Schranken und jubiliere mein eigenes Lied. Kirr, Kirr, gefällt es euch? Der Greif wird mich nicht fassen,

doch die Zeit wird kommen, da ziehe ich in ein warmes Gefilde, freut euch, freut euch, die Freiheit siegt." Die Gruppe lachte und klatschte. Reinhold aber sagte bewegt im Stillen zu sich: „Ja, so ist sie. Sie verlässt die Erde und schwebt im Himmelsraum. Und ihre Angst ist vergessen."
Im Frühjahr des nachfolgenden Jahres, es lag noch Schnee, schenkte Sonja einem Sohn das Leben. Drei Monate später verstarb ihr Vater, seine Lebenspartnerin nahm sich einen Tag danach das Leben. Ihr Abschiedsschreiben bestand aus zwei Sätzen: „Alle Geliebten sind von mir gegangen. Sie warten auf mich, ich höre ihr Rufen." Die Botschaft wurde von allen verstanden. Wo das Liebste verlorengeht, wird der Tod zum Retter des Lebens. Man begrub Herrn Bergmann und seine Geliebte ohne Worte und ohne Tränen. Sie bekamen ein gemeinsames Grab. Sonja schenkte nach einem weiteren Jahr einem Mädchen das Leben. Reinhold wurde zum Brigadier befördert, Sonja war als Verkäuferin tätig. Das Leben der Familie floss ruhig durch die Zeit. Die Jahre vergingen und die Verhältnisse wandelten sich unerwartet schnell. Die Zwangsdeportierten galten nicht mehr als Volksfeinde, sie wurden anerkannte Bürger der Sowjetunion. Im großen Russland machte sich neues Denken breit. Die Familie Auerbach erhielt die Genehmigung zur Ausreise nach Deutschland. Es trieb sie eine unbestimmte Sehnsucht zurück in ihre Heimat, die eigentlich nicht ihre Heimat war, auf der Suche nach Wohlstand, Sicherheit und Geborgenheit. Sie wollten das Leben in Verborgenheit, Verschwiegenheit und Maskierung hinter sich lassen. Sie empfanden die Heimkehr als Glück und waren doch nicht glücklich. Sie betraten das Land ihrer Herkunft als Fremde und Entfremdete. Reinhold entdeckte in Deutschland erstaunt, dass seine Sprache veraltet, seine Lieder verstaubt, seine Einstellungen antiquitiert waren. Die motivierenden Werte hier waren Auto, Urlaub und vorzeitige Berentung, der moderne

Lebensstil zielte auf Entpflichtung, Spaß und begrenzte Partnerschaft ab. Reinhold wurde zuvorkommend behandelt. Nach einer halbjährigen Fördermaßnahme fand er eine Anstellung als Lokführer bei der Bundesbahn, Sonja wurde als Übersetzerin tätig. Sein Sohn, Informatiker von Beruf, wanderte in die USA aus, seine Tochter heiratete und zog mit ihrem Mann nach Berlin. Reinhold und Sonja verkapselten sich in ihre Monade. Sie trafen sich mit Bekannten, plauderten dabei unverbindlich über gutes Essen und guten Wein, spielten Rommé oder beklagten einvernehmlich die Ereignisse in der Welt. Die jüngere Generation wusste nichts von den Leiden des Kriegs, von Vertreibung, Flucht, Gefangenschaft und Internierung, die ältere Generation der Ansässigen hatte davon gehört, ohne davon berührt zu sein. Vernichtung und Grauen waren unwirkliche Vergangenheit und nicht bewegendes menschliches Schicksal für sie. Das Geschehene prallte an der Gleichgültigkeit von materieller Übersättigung ab und bereicherte nicht die Erkenntnis über gut und böse. Nach seiner Berentung genoss Reinhold die Zeit, nur die Zeit. Noch immer log, stahl und versteckte er sich in seinen Träumen, fühlte sich verfolgt und geängstigt, sprach mit den Toten und kämpfte mit seinen Verfolgern. Sonja und Reinhold zogen sich zurück, waren sich genug und genossen sich und ihr Vertrautsein.

So wie der Wind das Samenkorn trägt und am vorbestimmten Ort gedeihen oder verdorren lässt, so wird der Mensch verweht von unsichtbaren Kräften ohne zu wissen, wohin er getragen wird und was ihn erwartet. Sonja erkrankte schleichend und zunächst unbemerkt. Sie vergaß Worte und Begebenheiten, wusste nicht, was sie soeben noch gedacht hatte. Ihr Zeitgefühl ließ nach, sie wurde schwer besinnlich, ihr psychisches Tempo verlangsamte sich und sie verrichtete Alltagsgeschäfte oft fahrig und unkonzentriert. Es kam die Zeit, da überlegte sie verkrampft, wie

Gegenstände, Pflanzen, Straßen, sogar ihre Kinder und ihr Mann hießen. Sie bekam Schwierigkeiten, einen komplexen Sachverhalt zu erfassen und geordnet wiederzugeben. Sie registrierte unruhig ihre Ausfälle und überspielte sie mit gekünstelter Heiterkeit. Als sich Sonja eines Tages in der Stadt verlief und nur mithilfe Fremder nach Hause fand, wurde ihre Erkrankung offenbar. Reinhold suchte mit ihr einen Arzt auf, der eine deprimierende Diagnose und eine niederschmetternde Prognose stellte. Sonja leide an einer progressiven dementiellen Erkrankung, es sei das Beste, sie in ein Wohnheim für psychisch Kranke einzuweisen. Der Arzt verschrieb ihr ein Medikament, gleichwohl verschlechterte sich ihr Zustand. Sie sprach über Stunden nicht mit Reinhold, legte sich zu Bett und war nicht zu bewegen, Nahrung einzunehmen. Dann wiederum redete sie auf Russisch irre. „Du hast meinen Vater getötet, erschossen hast du ihn. Jetzt willst du mich, wie ihr es mit allen Frauen macht. Wer bist du? Verschwinde, ich habe Angst." Reinhold blieb in solchen Situationen gefasst und sprach beruhigend auf Sonja ein. „Sonja, Liebste, komm zu dir. Ich bin Holler, dein Mann, komm zu dir." In Zeiten ihrer Apathie führte er Sonja spazieren oder ging mit ihr einkaufen. Sie schritt dann neben ihm mechanisch, teilnahmslos mit leerem Blick. Er redete sich ein, dass sich ihre psychische Verfassung bessere. Ärztliche Hilfe nochmals zu beanspruchen, wagte er nicht. Die Anregung des Arztes, sie sei am besten in einer Klinik für psychisch Kranke aufgehoben, hatte bei ihm Herzjagen, Schweißausbrüche und Beklemmung ausgelöst. Die Situation stand ihm vor Augen, als die russische Soldateska in Neuruppin ihn und seine Geschwister von der Mutter trennen wollten. Er sah sich, wie er sich schreiend an seine Mutter klammerte. Er hörte die Versicherungen des Offiziers, man werde die Kinder in einem Heim gut versorgen, die er kreischend mit den Worten erfolgreich abwehrte, er lügt, er lügt, Mama, er lügt. Er kannte aber auch die menschenunwürdigen Verhältnisse der psychiatrischen Anstalten in Russland. Aus den Erfahrungen seines bisherigen Lebens hatte sich bei ihm die Überzeugung verfestigt, kein Mensch verteidigt dich und die Deinen bis zum letzten, kein Mensch sorgt für dich und die Deinen bis zum Ende, wenn nicht du selbst. Er hielt sich an seine Lebenserfahrung. Er scheute sich, um Hilfe zu bitten und setzte ganz auf eigene Kraft. Er stellte nicht infrage, dass er allein die Last von Sonja zu tragen habe und haderte nicht mit dem ihm zugedachten Schicksal. Selbst als sich die paranoiden Wahnideen bei Sonja verdichteten und bei ihr epileptische Krampfanfälle auftraten, hing er an seiner eigenwilligen Einstellung und seinem irrationalen Verhalten fest. Er pflegte und versorgte Sonja vorbildlich, behütete sie, ertrug ihre Unberechenbarkeiten, betreute sie bei den häufiger auftretenden Anfällen. Er verheimlichte vor Nachbarn den Zustand Sonjas aus Furcht, man werde sie entmündigen und sie durch einen Vormund in die Psychiatrie einsperren lassen. Innerhalb weniger Wochen nahm Reinhold rapide an Körpergewicht ab, er litt an Schlafstörungen, verlor seine Vitalkraft und seinen Lebensmut. Ihm wurde schließlich die hoffnungslose Situation bewusst, in der er und Sonja sich befanden. Er sah sich vor die Wahl gestellt, elendig zu leben oder elendig zu sterben. Der Gedanke, er oder Sonja könnten allein in dieser Welt zurückbleiben, wo doch jeder ein unersetzbarer, ergänzender Teil des anderen sei, war ihm unvorstellbar. Der erlösende Einfall, gemeinsam wie im bisherigen Leben auch in den Tod zu gehen, drängte sich ihm sporadisch auf, wurde von ihm verdrängt, reifte im Unbewussten, zwängte sich in sein Denken, besetzte ihn überwertig und ließ ihn am Ende nicht mehr los. Er überlegte nicht ob, sondern wie er mit Sonja den gemeinsamen Tod würdig und friedvoll arrangieren könne. Es tröstete ihn, dass er mit Sonja darüber sprechen und Argumente austauschen konnte, obwohl sie nicht verstand, worum es ging. Reinhold entschloss sich, gemeinsam zu verhungern, so, wie er es in Asbest erlebt hatte. Er ging nicht mehr einkaufen und ließ auch die Nachbarn nicht mehr für sich einkaufen. Sein Vorhaben scheiterte, weil er nicht ertrug, Sonja Nahrung zu verweigern, wenn sie ihn darum bat. Nach einem Krampfanfall lag Sonja ohne Bewusstsein im Bett. Reinhold stand vor ihr und blickte ratlos, hilflos und erschüttert auf dieses Häuflein Mensch, Teil seiner Selbst seit über 50 Jahren. Er ergriff impulsiv das Kopfkissen und drückte es mit beiden Händen auf das Gesicht von Sonja. Sie strampelte mit Händen und Füßen und bäumte sich auf. Reinhold ließ von ihr ab. Entsetzt über sich, ging er mit dem Kissen in die Küche. Er entnahm einer Schublade einen Hammer, kehrte zur bewusstlosen Sonja zurück. Er knüllte das Kissen über ihren Kopf zusammen, denn er wollte ihr keinen Schmerz zufügen. Er schlug mit dem Hammer einige Male auf sie ein. Sonja stöhnte auf, seine Kräfte schwanden, er ließ den Hammer fallen und rannte zur Küche. Er ergriff ein Messer, torkelte zu Sonja und schnitt mit dem Messer zweimal tief in ihren Hals. Aus der Wunde quoll Blut. Sonja öffnete die Augen und starrte ihn verständnislos an. Reinhold wendete sich ab, begab sich erneut in die Küche und setzte sich auf einen Stuhl. Mit dem Tatmesser eröffnete er sich die Pulsadern des linken Arms. Er sah sein Blut strömen, wiederholte die Worte, Gott vergib mir und dämmerte ein. Er kam im Krankenhaus zu sich, fest davon überzeugt, Sonja getötet zu haben. Man sagte ihm, dass er weder sich noch Sonja lebensgefährliche Verletzungen beigebracht hätte. Nach seiner ärztlichen Versorgung wurde er dem Gefängnis zugeführt, die Staatsanwaltschaft klagte ihn wegen versuchten Mordes an. Die Gerichtsverhandlung fand nach einem halben Jahr vor einem Schwurgericht statt. Der psychiatrische Sachverständige erklärte, dass Reinhold bei Tatbegehung voll schuldfähig gewesen sei. Er habe geplant, gezielt und bei vollem Bewusstsein die Tat begangen. Die Schwurgerichtskammer verurteilte Reinhold wegen versuchten Totschlags im minderschweren Fall bei erheblich verminderter Steuerungsfähigkeit zu einer Bewährungsstrafe von zwei Jahren. Der Vorsitzende Richter, einfühlsam, geduldig und aufrichtig, hob in seiner mündlichen Urteilsbegründung hervor, dass die Tat nicht die Persönlichkeit des Täters widerspiegele, sondern Ausdruck schicksalshafter Geworfenheit menschlichen Daseins sei, dem sich keiner entziehen könne und Reinhold in einen krankheitswertigen psychischen Zustand getrieben habe.

Sonja wurde nach dem Ereignis sechs Wochen in einer psychiatrischen Klinik behandelt und danach in einem Heim für betreutes Wohnen aufgenommen. Unter medikamentöser Behandlung traten bei ihr keine epileptischen Anfälle mehr auf, die Symptome der Demenz dauerten fort. Dass sie einen erweiterten Suizid überlebt hatte, wurde ihr nie bewusst. Reinhold durfte zu ihr ins Wohnheim ziehen, wo beide zwei Zimmer mit Küche bewohnten, sich selbst versorgten und zugleich betreut wurden.

An einem späten Nachmittag gingen Reinhold und Sonja wie immer spazieren. Sonja sprach vor sich hin. „Meine arme kleine Clara, ich habe sie getötet und sie war doch so lieb. Meine Eltern haben mich deshalb verstoßen. Ich hatte immer Angst, dass sie mir die Kleine fortnehmen. Und jetzt habe ich keine Angst mehr, sie ist ja tot. Nun muss ich im Gefängnis büßen, aber Sie, lieber Herr Inspektor, sind freundlich zu mir und schlagen mich nicht."

Reinhold schwieg. Er hielt Sonjas Hand fest umfasst. Sonja störte sich nicht an seiner Wortkargheit und fuhr fort: „Wissen Sie, Herr Inspektor, mein Vater, der Prinz von Antulien, war sehr streng zu mir. Wenn ich als Kind Dummheiten anstellte, so sperrte er mich im Turm unserer Burg ein. Dort musste ich oft Tage verbringen. Meine Mutter war Putzfrau beim König und hatte keine Zeit für mich. Wenn ich von der Schule kam, befand sich das Essen im Kühlschrank, aber ich war allein. Dann habe ich mir Spiele ausgedacht, nur für mich. Ich habe so geredet als ob ich hier sitze und mir sitzt einer gegenüber, mit dem ich spreche. Das waren zum Beispiel Bankangestellte und ich verkaufte ihnen unsere Burg und mit dem vielen Geld reiste ich als Prinzessin nach Amerika. Die Fotografen umschwärmten mich, die Zeitungen veröffentlichten Bilder von mir, man bewunderte meine Schönheit. Ich wurde zu Festen eingeladen und alle Jungen wollten mit mir tanzen. Wenn ich mich besonders alleingelassen fühlte, dann habe ich meine Mama angerufen und ich sagte ihr, dass ich mich ganz traurig fühle. Und sie antwortete, auch sie wolle bei mir sein. Und dann kam von ihr irgendwie immer so, das muss so sein, das muss so sein, beiße die Zähne zusammen, da musst du durch. Sie hatte ja auch irgendwo Recht, ich habe auch wirklich versucht, mich an ihre Worte zu halten." Reinhold unterbrach Sonja mit leiser Stimme. „Sonja, du hast kein Kind getötet, du befindest dich auch nicht im Gefängnis. Dein Vater war kein Prinz, deine Mutter ist frühzeitig verstorben. Ich bin dein Mann, wir sind seit 52 Jahren verheiratet." Sonja ließ sich aber nicht beirren: „Wenn ich im Turm eingeschlossen war, hörte ich oft den Totenvogel rufen, Schip, Schip, komm mit, komm mit. Dann ängstigte sich meine Seele und mir wurde kalt. Aber ich konnte fliegen. Und so habe ich viele Länder kennengelernt. Wissen Sie, wer liebt, der kann mit allen Menschen, mit Bäumen, Blumen und Tieren sprechen. Aber die Liebe muss groß und allumfassend sein." Reinhold legte den Arm um ihre Schultern. Nach wenigen Schritten ließen sich beide auf einer Bank nieder. Die Weite der Ruhrwiesen verschwand im Abendgrau des ausklingenden Tages. Sonja fröstelte und schmiegte sich an Reinhold. „Es wird bald Nacht." Nach Minuten der Stille flüsterte sie wie verwandelt mit veränderter Stimme und nur für ihn bestimmt: „Liebster, ich weiß, ich bin unheilbar krank.

Ich mache dir Sorgen und bin dir eine Last. Du sollst wissen, ich bin dir unendlich dankbar, dass du bei mir bist und unsere Liebe so fest geschmiedet ist. Halte mich, halte mich immer fest." Reinhold erschrak. Er begriff überwältigt, dass Sonja aus dem Käfig ihrer Demenz ausgebrochen und aus der Dunkelheit ins Licht getreten war. Er wurde ergriffen von einem stillen Glücksgefühl und gab sich diesem Hochgefühl ganz hin. Er konnte und wollte in dieser Situation nichts sagen. Er zog Sonja an sich und hielt sie fest umschlungen. Sie waren mehr eins als je zuvor. Gedanken schossen ihm durch den Kopf. Wie oft hatte er in der Vergangenheit mit dem Schicksal gehadert und nach dem Sinn des Lebens gefragt. Nun wurde er seiner bisherigen irrigen Fragestellung ansichtig. Die Frage nach dem Sinn des Lebens hatte ihn in die Wüste des Nichtverstehens und in die Leere der Verzweiflung geführt. Im Hier und Jetzt begriff er, nicht das Leben hat Sinn, sondern der Mensch selbst hat seinem Leben Sinn zu geben. Sonja entzog sich der Umarmung von Reinhold. „Herr Kommandant, mir ist kalt." Beide erhoben sich und machten sich Hand in Hand auf den Heimweg. Es schien, als ob sich nichts verändert hätte. Sonja fabulierte wie immer aus ihrer Welt. „Herr Kommandant, Sie entführen mich. Ich bitte Sie, bringen Sie mich zurück in den Süden. Mein Verlobter erwartet mich, die Zeit naht und ich habe noch kein Brautkleid. Der Kosakenchor soll singen und ich werde vom Präsidenten getraut. Vielleicht kann ich erreichen, dass Sie befördert werden…" Reinhold hörte ihrem Gerede geduldig zu und korrigierte sie behutsam. So schlurften sie geruhsam und friedvoll ihrer neuen Heimat entgegen. Sie in der Entrückung, er in der Hoffnung auf den wiederkehrenden Lichtblick von überwältigender Liebe, in dem er als Erkennender sich in seiner Bestimmung selbst erkennt.

Eine Karriere

Günter und ich trafen uns zufällig im Pergamon Museum. Wir hatten vor Jahren zusammen in Berlin studiert und gingen nach dem Studium in verschiedenen Städten unserer beruflichten Tätigkeit nach. Wir standen noch einige Zeit brieflich im Kontakt, verloren uns aber schließlich aus den Augen. Die Wiedersehensfreude war groß. Wir tauschten Informationen über uns aus und kamen überein, den Abend gemeinsam wie in alter Zeit zu verbringen. Ich hatte allerdings mir bereits eine Karte für die Deutsche Oper gekauft und so einigten wir uns, zusammen die Entführung aus dem Serail anzusehen und danach in einem nahegelegenen Weinlokal Erinnerungen aufzufrischen. Während der Vorführungspause schlenderten wir im Foyer auf und ab und plauderten über Belangloses. An einer Wand hingen in einer Art Ahnengalerie die bekanntesten Intendanten, Dirigenten, Sängerinnen und Sänger, die in diesem Hause gewirkt und sein Ansehen begründet hatten. Vor einem Porträt verweilte mein Freund längere Zeit und betrachtete es forschend. Ich erkundigte mich, ob er den abgebildeten Sänger kenne. „Ja und nein. Er starb vor etwa 30 Jahren. Er hat gelegentlich meine Eltern besucht, ich war damals noch sehr klein. Ich habe ihm mein Leben zu verdanken. Vielleicht erzähle ich dir nachher von ihm."
Im Lokal bestellten wir uns eine Flasche Bordeaux, Jahrgang 96 und ließen die Vergangenheit Gegenwart werden. Irgendwann, wir waren schon bei der zweiten Flasche angelangt, hakte ich nach. „Günter, du hast mich neugierig gemacht. Was hat es mit diesem M... H... auf sich?"
„Na gut. M... H... ist sein Künstlername. Eigentlich heißt er

Wilhelm Berenquengel."
Ich musste laut lachen, als mein Freund den Namen nannte. Der genossene Wein wirkte bereits bei mir. Günter ließ sich nicht irritieren. „Wilhelm Ludwig kam am 2.1.1901 im Schlafzimmer des Hauptlehrers Berenquengel im Dorf A…mithilfe einer Hebamme zur Welt. Sein Vater war ein hochgradig nervöser, gebildeter, introvertierter Mann, der Zeit seines Lebens allein schlief und nur gelegentlich zum Bett seiner Ehefrau fand. Er beschäftigte sich ernsthaft mit Astronomie und Archäologie, beobachtete mithilfe eines Teleskops nächtens die Himmelwelt und fuhr jedes Jahr nach Ägypten, nach Griechenland oder nach Italien, um an Ausgrabungen teilzunehmen. Er hatte einige kleine wissenschaftliche Aufsätze veröffentlicht und wurde in Fachkreisen durchaus respektiert. Um seinen Interessen nachgehen zu können, musste die Familie eisern sparen. Wilhelms Mutter war eine sehr einfache Frau. Sie entstammte einer ortsansässigen Bauernfamilie, konnte nicht hochdeutsch sprechen und war nicht in der Lage, einen Satz ohne grammatikalische oder orthografische Fehler zu schreiben. Sie war ein herzensguter, friedfertiger Mensch, eine vorzügliche Köchin und eine aufopferungsbereite Mutter, stolz darauf, Frau Hauptlehrerin zu sein. Sie nahm es hin, von ihrem Ehemann mehr als Dienstmädchen denn Partnerin behandelt zu werden. Du musst wissen, das Dorf A… liegt in Oberbayern, dessen Bewohner den Bau einer Kanalisation noch 1920 als überflüssiges Getue ablehnten. Der Dorfbrunnen liefere vorzügliches Quellwasser und das Plumpsklo hätte sich über Jahrhunderte bewährt und noch keinem geschadet. So ist nachvollziehbar, dass der Sohn des Hauptlehrers nach dem Deutschen Kaiser und dem Bayrischen König benannt wurde. Im Elternhaus von Wilhelm wurde zu jeder Mahlzeit gebetet, wenn Besuch anwesend war, lateinisch oder hebräisch. Die zwei älteren Schwestern von Wilhelm, später auch er selbst,

wurden dann angehalten, zur Ehre Gottes einen Choral anzustimmen. Das vermittelte das Bild von rechter Frömmigkeit und Familienfrieden nach außen. Dem war allerdings nicht ganz so. Herr Berenquengel gab seinen Kindern nie die Hand, sie durften ihn nur mit Herr Vater ansprechen. Er gratulierte ihnen nie zum Geburtstag und herzte und küsste sie nie. Er war ein Querulant und war als Lehrer wiederholt versetzt worden, weil er mit Kollegen immer wieder in Streit geraten war. In dem kleinen Dörfchen A. war er der einzige Lehrer, der die Funktionen eines Gemeindesekretärs, eines Standesbeamten und eines Organisten ebenfalls ausübte. Er ging regelmäßig zur Kommunion, schimpfte aber in der Familie pausenlos über die Kirche und die Pfaffen. Er wurde insgeheim Mitglied der SPD, wollte Gleichberechtigung für die Frauen und war im eigenen Heim ein Despot. Jeden Samstag wurde in der Familie gebadet. Dann erhitzte die Mutter im Waschkessel das Wasser und goss es in einen großen Zuber. Der Hausherr stieg zuerst in die Wanne und reinigte sich, es folgten Wilhelm, die Schwestern und zuletzt die Mutter. Ähnlich verhielt es sich bei den Mahlzeiten. Der Vater bediente sich nach dem Gebet als Erster an den Speisen. Wenn er gesättigt war, erhob er sich vom Tisch und überließ den Mittagstisch der Familie. Beim Schlürfen, Schmatzen und Katschen des Vaters stieg in Wilhelm oft Hass auf und er malte sich aus, wie der Vater erstickt oder tot umfällt. Bis zur Einschulung konnte sich Wilhelm dem Diktat des Vaters weitgehend entziehen. Die Mutter scharte ihre Kinder um sich und führte mit ihnen ein vom Vater abgetrenntes Leben. Erst als Wilhelm in die Schule kam, wandte sich sein Vater ihm erzieherisch zu. Damit er später die Aufnahmeprüfung für die höhere Schule bestehe, ging der Vater mit ihm täglich alle Hausaufgaben durch, paukte mit ihm Latein und Griechisch und lehrte ihn, nach Noten zu singen. Angst und Zwang waren die Methode der väterlichen Erziehung. Herr Berenquengel trichterte schon dem Knaben ein, wenn eine Akte angelegt sei, dann sei im Grunde genommen jede Sache schon erledigt. Dann könne nichts mehr passieren. Aus diesem Grunde fertigte er nach jedem Besuch eine Aktennotiz über Gesprächsinhalt und Besuchsdauer an. Waren die Mutter oder die Kinder Zeugen des Gespräches, mussten sie mit ihrer Unterschrift die Richtigkeit des Aktenvermerks bestätigen. Der Vater erfasste auch grundsätzlich alle Briefe dreimal. Den ersten Brief schickte er als Einschreiben, den zweiten Brief versandte er als Normalpost, den dritten Brief behielt er als Abschrift. Er trichterte Wilhelm ein, dass man im Leben sehr vorsichtig sein müsse. Alle Menschen seien abgrundtief schlecht. Deshalb müsse man sich stets rückversichern. Wollte der Vater zu ungewöhnlicher Zeit aufstehen, so stellte er einen Wecker rechts und einen Wecker links neben sein Bett und den dritten Wecker schwer erreichbar auf den Schrank. Nur so schien ihm gesichert, erstens zur richtigen Zeit geweckt zu werden, zweitens den Weckton nicht überhört und drittens nicht versehentlich schlaftrunken das Geläute abgestellt zu haben. Seine irrationalen Überzeugungen gingen sehr weit. Der Frisör des Dorfes hatte einen Buckel. Der Vater hielt dies für eine ansteckende Krankheit, weshalb er zum Frisör des Nachbardorfes fuhr, um sich dort die Haare schneiden zu lassen. Er verfasste Eingaben an die Bezirksregierung, dass der bucklige Frisör infektiös sei, die Bevölkerung gefährde und deshalb interniert werden müsse. Als ein Nachbarjunge im Winter mit seinem Schlitten gegen einen Baum fuhr und sich dabei auf die Zunge biss, die heftig blutete und anschwoll, erklärte der Vater, dass sei nicht ein Unfall gewesen, sondern die gerechte Strafe für die Verstocktheit des bösen Kindes. Wilhelm wollte mit sieben Jahren zu Weihnachten die Mutter beschenken. Er nahm aus der Haushaltskasse drei Groschen und kaufte davon einen Stirnreif. Der Vater erfuhr davon und nannte Wilhelm fortan den

„Familienverbrecher", wenn er verärgert war. Als Wilhelm einmal heimlich das Teleskop des Vaters inspizierte und dabei die Einstellung veränderte, fuhr der Vater mit seiner Frau nach R. zu einem Optiker, bestellte ein neues Teleskop, dass die Mutter vom Haushaltsgeld in Raten abzahlen musste. Die Begründung des Vaters war, er könne das Teleskop für seine wissenschaftliche Arbeit nicht mehr gebrauchen, weil es der „Familienverbrecher" benutzt habe. Die Mutter habe das Ersatzobjekt zu bezahlen, weil sie ihre Aufsichtspflicht vernachlässigt habe. Ein Bauer erschien eines Tages in der Klasse und beschwerte sich, dass aus seinem Garten Obst gestohlen worden sei. Der Vater erklärte, er wisse, wer der Übeltäter sei. Wilhelm verneinte auf Befragen seine Täterschaft. Er erhielt vom Vater so lange Prügel, bis er die Tat gestand. Eine stehende Redewendung seines Vaters war: „Wilhelm, auch wenn du es leugnest, du warst es." Wilhelm litt frühzeitig an Magenschmerzen, Brustschmerzen und Asthmaanfällen, er nässte nachts häufiger ein. Er ging mit gesenktem Kopf, wagte im Gespräch nicht aufzublicken und antwortete nur einsilbig mit ja oder nein. Sein bester Freund war Nero, der Hund eines Nachbarn, mit dem er den nahen Wald durchstreifte oder sich mit ihm im Gebüsch eines Weihers verkroch. Dort träumte Wilhelm vor sich hin, ohne nachträglich noch zu wissen, was ihm durch den Kopf gegangen war. Er verschloss sich anderen Menschen, beobachtete sie aber genau aus heruntergelassenem Visier, um sicher zu sein, dass er sich jederzeit richtig und angepasst verhalte. Nur in seinen Traumwelten gaukelte er sich vor, stark und heldenhaft zu sein und das Böse zu bestrafen, dass ihn umgibt und die Erde beherrscht.

Wilhelm hatte eine kristallhelle, weiche und anrührende Stimme. Schon mit neun Jahren sang er in der Dorfkirche und hatte daran große Freude. Mit 10 Jahren wurde Wilhelm vom Vater einem Jesuiteninternat mit angeschlossenem Gymnasium zur Auf-

nahmeprüfung vorgestellt. Mehr zufällig als berechnend erklärte der Vater, dass sein Sohn musikalisch begabt sei, Klavier spiele und vom Blatt singen könne. Der leitende Präfekt legte Wilhelm die Partitur der Johannes- Passion von Bach vor und forderte ihn auf, die Arie „Vaterunser im Himmelreich" zu intonieren. Da schwebte Wilhelms Stimme hell und klar, wehklagend und flehend, anrührend und ergreifend durch den Raum:
Nimm von uns, Herr, du treuer Gott,
die schwere Straf und große Not,
die wir mit Sünde ohne Zahl verdienet
haben allzumal. Behüt vor Krieg und teurer Zeit
vor Seuchen, Feuer und großem Leid.
Als Wilhelm seinen Vortrag beendet hatte, legte sich eine andächtige Stille über die anwesenden Jesuiten. Obwohl so oft vernommen, war ihnen, als hätten sie zum ersten Mal Gottes Wort gehört. Der Vater nutzte die Gunst der Stunde. Er handelte mit den Patres aus, dass er für Wilhelm kein Geld für Unterkunft und Schule zu zahlen brauche und Wilhelm bis zum Abitur das Lernmaterial gestellt bekomme. Dafür wurde Wilhelm als Chorschüler mit den damit verbundenen Pflichten im Internat aufgenommen. Sein Leben war streng geregelt. Der Tag war strukturiert und eingeteilt in Mahlzeiten, Schulzeiten, Lernzeiten, Gebetszeiten, Übungszeiten und Freizeiten. Wenn andere Internatsschüler zu Feiertagen und in den Schulferien nach Hause fuhren, musste Wilhelm im verkleinerten Chor bei Messen oder Musikveranstaltungen singen. Ostern und Weihnachten wurde ihm für seinen Einsatz ein kleines Honorar gutgeschrieben, dass sich der Vater jedoch stets überweisen ließ. Einmal im Jahr durfte er während der Sommerferien für eine Woche zu den Eltern reisen. Im Internat waren vor allem Schüler wohlhabender Eltern untergebracht, die ihre Söhne mit der Kutsche oder sogar mit dem Auto zum Wochenende abholten. Den Klassenpräfekt schmerzte

die Armut von Wilhelm. Er gab den wohlhabenden Eltern zu verstehen, dass es im Internat Kinder armer Leute gebe, die dankbar für abgelegte Kleidung seien. Wilhelm litt darunter, auf diese Weise zum Objekt des Mitleids gemacht zu werden.

Der Internatsleiter war zugleich Chorleiter des Domchors. Er war ein unbeherrschter Mann. Wenn die Sänger den Einsatz verpassten oder Tempi nicht einhielten, verlor er häufig die Geduld und schlug erzürnt und schreiend mit dem Taktstock auf die Köpfe der Sänger. Da Wilhelm als Solist in der vordersten Reihe stand, erhielt er, obwohl zu meist unbeteiligt an den Fehlern, die meisten Schläge von ihm. Er nahm die Behandlung gelassen hin. In ihm hatte sich die Überzeugung festgesetzt, dass es rechtens sei, für begangene oder zukünftige Vergehen gezüchtigt zu werden, insbesondere von Menschen, die ihm in irgendeiner Weise nahestanden und es mit ihm gut meinten. Die unverdienten Bestrafungen des Chorleiters ertrug er umso leichter, weil er als Solist bei den 80 bis 100 starken Knabenchor eine herausragende Stellung einnahm und ihn mit dem Chorleiter ein Geheimnis verband.

Wilhelm litt an einer Phimose und sonderte aus diesem Grunde Sekret ab. Da im Elternhaus und im Internat die Unterwäsche nur einmal wöchentlich gewechselt wurde, war seine Unterhose am Wochenende stets beschmutzt. Das Sekret durchfraß selbst die Lederhose, sodass auf die löchrigen Stellen Flicken genäht werden mussten. Bei der Kommunion beichtete er stets „Unkeusches." Denn unkeusch war für ihn identisch mit schmutzig. Der Vater kommentierte den stets gelblichen Schlüpfer, Wilhelm sei eben ein Schwein. Als die Mitschüler im Schlafsaal Wilhelms Leiden entdeckten, obwohl er es mit allen Mitteln zu verdecken suchte, hänselten sie ihn. Er begann, sein Organ zu hassen, weil es ihm nur Missachtung und Spott eintrug. Der Chorleiter zeigte an Wilhelm ein besonderes Interesse. Als er eine schwierige Partitur nur mühsam bewältigte, bestellte er Wilhelm zu sich ins Dienstzimmer ein. Wilhelm habe noch große gesangliche Schwächen, er wollte ihm aber helfen und Gesangunterricht erteilen. Er sprach freundschaftlich und wohlwollend. Durch die Gesangsübungen kamen sich Wilhelm und der Präfekt näher. Wilhelm durfte sich vom Präfekten Bücher ausleihen, er erhielt von ihm kleine Geldbeträge, konnte ihm von seinen Sorgen erzählen, ohne gescholten zu werden. Er spürte bei seinem Lehrer umhüllende Wärme. Der betonte, Musik verbinde die Menschen miteinander. Er streichelte Wilhelm über den Kopf, umarmte ihn, bat ihn, seine Schuhe und Strümpfe auszuziehen, die krampfende Wade, dann die Oberschenkel zu massieren. Eines nachmittags hob sein Mentor seine braune Kutte, er gehörte dem Franziskanerorden an, ganz in die Höhe und Wilhelm sah zum ersten Mal in seinem Leben ein erigiertes Glied. Er erschrak und glaubte, er sei schwerkrank, ein Krüppel wegen seines kleinen Penis. Sein Lehrer klärte ihn auf und zeigte ihm, wie man masturbiert. Wilhelm rieb nach Aufforderung das Glied des Lehrers bis zum Samenerguss. Die Ejakulation des Präfekten brachte er mit seiner Krankheit in Verbindung. Er hatte einen langsam schleichenden Ausfluss, bei seinem Lehrer schoss aber das Sekret wie eine Fontäne heraus. Er war irritiert und beruhigte sich erst, als ihm sein Verführer die grundlegenden Dinge der Sexualität und die Funktion des Spermas erklärte hatte. In der Folgezeit befriedigte Wilhelm seinen Lehrer öfter, denn er sah, dass er ihn damit glücklich machte und er selbst gut behandelt wurde. Als er gebeten wurde, sich zu entkleiden und sein Glied zu zeigen, überschüttete ihn sein großer Partner mit Vorwürfen wegen seiner Unsauberkeit. Wilhelm weinte und erzählte von seinem Leid. Der Präfekt veranlasste, dass Wilhelm einem Arzt vorgestellt und seine Phimose operiert wurde. Die besondere Beziehung zwischen Lehrer und Schüler setzte sich über zwei

Jahre fort und endete wie selbstverständlich, als Wilhelm in den Stimmbruch kam. Er musste für längere Zeit das Singen aufgeben, danach mutierte sich seine Stimme zu einem kräftigen und strahlendem Tenor.

Im Internat herrschte nach Kriegsausbruch eine nationalistische Stimmung. Die älteren Jungen meldeten sich als Kriegsfreiwillige, noch bevor sie das 18. Lebensjahr erreicht hatten. Sie konnten es kaum erwarten, eingezogen zu werden, um Heldentaten zu vollbringen. Wilhelm konnte sich weder für den Krieg noch für das Soldatentum begeistern. Er konnte aber nicht verhindern, dass er nach dem Abitur 1917 einberufen wurde und nach halbjähriger Ausbildung als Infanterist in den Kriegseinsatz zur Maginotlinie beordert wurde. Bereits in der ersten Woche erlitt er an der Front eine Granatsplitterverletzung, wurde drei Monate im Lazarett behandelt und erhielt nach der Genesung Heimaturlaub. Zu Hause erfuhr er vom Kriegsende. In seinem Dorf fühlten sich die meisten Einwohner gedemütigt von der Niederlage Deutschlands, waren erschüttert über das Ende des Kaiserreiches, über die Abdankung des bayerischen Königs und verwirrt über die politischen Turbulenzen. Der Vater Wilhelms schloss sich einem Freicorps an, das irgendwo für die Unabhängigkeit Bayerns mit der Waffe kämpfte. Wilhelm bewarb sich um die vakante Stelle des Gemeindesekretärs im Heimatdorf und erhielt sie. Er übernahm die Pflichten des Versorgers für die Mutter und der noch unverheirateten Schwester. Im Gemeindebüro fiel wenig Arbeit an. Wilhelm nahm sich deshalb viel Zeit für jeden, der ein Anliegen vortrug. Obwohl noch jung, wenn auch gebildet, schätzten die Dörfler sein freundliches und bescheidenes und zurückhaltendes Auftreten. Er hörte zu, war einfühlsam, führte jeden zu eigener Entscheidung. Nach einem Jahr hatte er sich in der Gemeinde zu einer Institution für seelische Nöte entwickelt. Mann und Frau kamen und vertrauten sich ihm an. So lernte er praxisnah Menschen und ihre geheimen Wünsche zu durchschauen und ihre Täuschungen und Enttäuschungen als Tragik illusionärer Verkennung zu verstehen. Er hatte viel mit den kleinsten und ärmsten Kleinpächtern zu tun und begriff, dass Armut die elementarste Entwürdigung ist, die einem Menschen angetan werden kann.

Frau G., eine Gutsbesitzersfrau, sprach bei ihm öfter vor in Angelegenheiten, die bereits erledigt und offenbar nur Vorwand waren, mit einem Menschen sprechen zu können. Sie war 12 Jahre älter als Wilhelm. Ihr Vater lehrte Philosophie an der Universität München und erfreute sich eines über die Grenzen Bayerns hinausgehenden wissenschaftlichen Rufes. So angesehen wie ihr Vater als Wissenschaftler war, so knapp war sein Gehalt bemessen. Seine Familie musste sich in allen Dingen sehr bescheiden. Bei einer Wohlfahrtsveranstaltung, so erzählte Frau G. Wilhelm, sei sie ihrem späteren Ehemann begegnet. Er sei deutlich älter als sie und habe sich ihr gegenüber charmant, großzügig und aufmerksam verhalten. „Er beschenkte mich bei jedem Treffen generös und besuchte mit mir Museen und Theater, vermittelte das Bild des Welt erfahrenen und gebildeten Mannes und führte mich in die vornehme Gesellschaft ein. So erweckte er in mir die schlummernde Sehnsucht nach Wohlstand. Als er um meine Hand anhielt und auf jegliche Mitgift verzichtete, bejahte ich freudig den Ehebund. In der Ehe wandelte er sich in kurzer Zeit zum selbstsüchtigen Narzissten. Er stellt hohe moralische Ansprüche an andere, nur nicht an sich selbst. Er denkt kleinkariert. Seine Einstellung ist sozial ignorant. Er versteht menschliche Würde als materiellen Tauschwert und ist von der Käuflichkeit des Menschen und dessen Austauschbarkeit überzeugt. Das Gefühl der Liebe ist ihm fremd. Er betrachtet alle Dinge nur unter dem Aspekt von Nützlichkeit und Gewinn. Ich bin ihm nach außen als Eigenwerbung für Kunst und Wissenschaft bares Geld wert. Im ehelichen Umgang demütigt er mich vor Dienstboten, schreit mich an, fährt mit Mätressen in die Sommerfrische, teilt mir das Geld ein, untersagt mir den Kontakt zu meinen Eltern. Er meidet jegliche Form von Zuneigung und lässt mich spüren, dass ich mittellos und abhängig von ihm bin. Er erträgt meine intellektuelle Überlegenheit nicht und beschimpft mich häufig grundlos." Anna erzählte ungefragt von ihrer Ehe, Wilhelm hörte ihr geduldig zu. Ihr Verhalten verlor mit der Zeit an Distanz. Nach einigen Begegnungen rückte sie ihren Stuhl in seine Nähe, legte ihre Hände auf seine Knie, lehnte sich an seine Schulter, wenn sie ihm weinend ihre eheliche Situation schilderte. Wilhelm hatte noch keine intime Erfahrung mit Frauen gemacht. Ihm gefielen die Vertraulichkeiten von Anna. Er blieb für die von ihr konstellierten Situationen blind und wollte sie wohl auch nicht erkennen. Eines Tages erschien Anna aufgelöst in Wilhelms Büro. Sie schloss die Tür hinter sich und lief heftig atmend mit hochrotem Gesicht auf Wilhelm zu. „Er ist mit einer Anderen fortgefahren. Wilhelm, ich brauche dich, ich brauche deine Liebe." Von diesem Auftritt überrascht, blieb Wilhelm auf seinem Stuhl sitzen. Anna kniete sich vor ihm nieder, legte ihren Kopf in seinen Schoß, schluchzte herzerweichend und stammelte stoßweise atmend: „Das ist doch keine Liebe." Sie erhob sich, raffte ihr Kleid bis zur Hüfte, setzte sich breitbeinig auf seine Schenkel und überdeckte ihn mit begehrlichen Küssen. Wilhelm, stöhnend vor Fleischeslust, wurde vom Taumel seines erweckten Verlangens überwältigt und vereinigte sich mit ihr. Nach dem Akt gaben sich beide entspannt ihrem Glücksgefühl hin. Wilhelm und Anna liebten sich fortan so oft es die Umstände ermöglichten, ohne sich die Konsequenzen ihres gefährlichen Spiels bei Entdeckung bewusst zu machen. Nach sechs Monaten teilte Anna Wilhelm mit heiterer Gelassenheit mit, dass sie schwanger sei und von ihm ein Kind erwarte. Sie fügte beruhigend hinzu, ihr Mann wisse von der Schwangerschaft und sei sehr stolz darauf, dass er mit 67 Jahren noch ein Kind gezeugt habe. „Er glaubt es wirklich, dabei produziert er alle acht Wochen mit Müh und Not nicht mehr als ein paar wässrige Tröpfchen. Ich lasse ihn bei seinem Glauben. Er bemüht sich nun sehr um mich, es ist, als ob er wieder um mich freite."

Um diese Zeit kehrte Wilhelms Vater ins Dorf zurück. Er verriet nicht, wo er im Freicorps gekämpft und sich nach Ende der Kämpfe aufgehalten hatte. Sein Wesen hatte sich verändert. Er trat nicht mehr herrisch auf, bei traurigen Nachrichten konnte er seine Tränen nicht zurückhalten. Seine Vitalität und Spannkraft waren erlahmt. Er benötigte für alltägliche Verrichtungen viel Zeit, konnte komplizierte Zusammenhänge nicht mehr erklären, wurde weitschweifig und umständlich. Häufig wollte er etwas mitteilen, begann zu sprechen und vergaß, was er soeben sagen wollte. Er vergaß die Namen seiner Bekannten, Termine und Verabredungen. Der Vater nahm seinen Abbau zunächst selber war, was ihn unsicher, ratlos und ängstlich machte. Er zog sich zurück, saß stundenlang im Lehnstuhl, wurde desinteressiert, apathisch und versank in geistige Leere. Wilhelm litt unter dem rasanten Verfallsprozess seines Vaters, seine innere Abneigung gegen den Vater wich den Gefühlen von Wehmut und tiefer Selbstbetroffenheit. Es bedrückte ihn, wie dieser ehemals starke, kernige Baum zu Boden gefällt, und nur noch mit wenigen Wurzeln der Erde verhaftet, dahinmoderte und von der gefräßigen Zeit wehrlos zersetzt wurde. Eines Tages war der Vater aus dem Haus verschwunden. Erst nach Stunden bemerkte man seine Abwesenheit. Kein Mensch sah, wie er verloren in der entleerten Welt des geistigen Nichts ohne Ziel staksend über die Felder schlürfte, vor sich hinbrummelte, lachend in die Donau stieg und ertrank. Wilhelm wurde zum ersten Mal mit der Frage konfrontiert, was nach dem Tode kommt. Er fand keine Antwort darauf, schüttelte das Nachdenken darüber als lästig ab und wandte sich den Problemen der Gegenwart wieder zu.

Die Beziehung zu Anna nahm eine plötzliche Wendung. Sie erschien eines Tages wie gewöhnlich im Gemeindebüro, wehrte seine Zärtlichkeiten ab, ließ sich ihm gegenüber auf einem Stuhl nieder und trug mit kühler Sachlichkeit vor: „Ich bin verheiratet und glücklich, von dir ein Kind zu bekommen. Das gibt mir Lebenssinn. Aber unsere Beziehung hat keine Zukunft. Sie widerspricht jeglicher familiärer und religiöser Moral. Du bist jung und verkümmerst hier in unserem Dorf. Du musst etwas aus dir machen, dir soll es nicht so ergehen wie mir. Hier hast du ein Kuvert mit Geld und einer Berliner Anschrift. Du wirst nach Berlin fahren, meine vertraute Freundin weiß alles, sie wird dir helfen." Sie stockte kurz und fuhr mit bebender und klagender Stimme fort: „Ich liebe dich. Unsere Liebe wird in unserem Kind fortleben." Sie erhob sich, schritt wortlos zur Tür, wandte sich dort abrupt um und eilte auf den verständnislos blickenden Wilhelm zu. Sie warf sich an seine Brust und weinte, weinte, weinte. Beide hielten sich lange umschlungen. Sie beruhigte sich allmählich, riss sich von ihm los, ohne von ihm ein Wort zu hören. Wilhelm war damals 24 Jahre alt, er begriff in dieser Situation nur, dass seine erste Liebe zerbrochen war. Zwei Tage später saß er im Zug nach Berlin, bedrängt von immer wiederkehrenden Gedanken. Liebt sie mich über alles, liebt mich überhaupt jemand, wollte sie nur ein Kind, war es bezahlte Liebe, warum liebe ich sie. Das monotone Rütteln des Zuges wiegte ihn schließlich in den Schlaf. Er träumte, dass er auf einer hohen Klippe stehe und von Glücksgefühlen ergriffen den Aufgang der Sonne über dem Meer verfolge. Plötzlich spürte er die Nähe einer übergroßen Furcht einflößenden Schattengestalt ohne Konturen und ohne Gesicht, die ihn in den Abgrund stieß. Er fiel in die Tiefe, überwältigt von beklemmender Todesangst. Noch im Fallen wurde er von einer unsichtbaren Macht ergriffen, die seinen Sturz beendete und ihn in die Höhe hob. Er konnte fliegen. Er stieg hoch in die Lüfte und genoss die unendliche Weite des Raumes. Er blickte zurück auf die Klippe und sah auf dessen Grund zerschmetterte Leichen über Leichen liegen. Ihn schauderte. Er wandte sich von diesem schrecklichen Anblick ab, hielt Ausschau nach einem rettenden Ort und wachte schweißgebadet auf.

In Berlin fand er eine Mansardenstube in der Galvanistraße. Die ersten Tage ließ er die Stadt auf sich wirken. Es war alles anders als auf dem Lande in Bayern. Die Sprache, die Mode, die Menschen. Es gab Dinge, von denen er nicht einmal vom Hörensagen wusste. Alles bewegte sich, war hektisch und ruhelos. Er staunte über Lichtspielhäuser, Stummfilme, Kaufhäuser, Kabaretts, über die vielen Droschken und Autos. Es gab viele Arbeitslose und Bettler. Die Männer trugen Knickerbocker und Schiebermütze, die Wohlhabenden zeigten sich in Gehrock und Zylinder. Die Frauen flanierten im Fläpperlook und demonstrierten Unabhängigkeit mit endlosen Zigarettenspitzen. Man vergnügte sich in Nachtclubs, beim Sechstagerennen im Sportpalast, hatte Freude an den Operettenübertragungen der Detektoren, tanzte Charleston und ging im Grunewald spazieren. Man empörte sich über die Nacktauftritte einer gewissen Josefine Baker und gruselte sich über den Massenmörder Haarmann. Wilhelm bewarb sich bei der Städtischen Oper in Charlottenburg, sang vor und wurde als Chorsänger eingestellt. Singen war das Einzige, was ihn vor allen anderen auszeichnete. Er hatte fast täglich Chorproben, erhielt Gesangunterricht und wirkte in der Woche mehrmals an Vorstellungen mit. Nach den Aufführungen suchte er in der Regel entweder das Romanische Cafe auf, das Treffpunkt der Schriftsteller, Maler, Schauspieler, Journalisten, Kritiker und Studenten war oder er verkehrte im Nachtklub Schwarze Rose. Im

Romanischen Cafe befreundete er sich mit exzentrischen Menschen, die jeden Abend miteinander stritten und konträr diskutierten. Der erste Abend dort verwirrte ihn. Johann, ebenfalls Chorsänger an der Städtischen Oper, mit dem er sich angefreundet und der ihn ins Cafe mitgenommen hatte, stellte Wilhelm seinen Bekannten vor: „Das ist Wilhelm aus Bayern. Er glaubt noch an Vernunft und Wahrheit. Mein Vertrauen zur Vernunft der Menschen ist auf allen Ebenen verloren gegangen. Tagtäglich mache ich die gleiche Erfahrung. Es gibt kein Vertrauen und keinen Glauben mehr. Das ist das wahre Drama unserer Zeit. Ich bin prophetisch begabt, ich kann zum Beispiel die Gewinnzahlen im Toto vorhersagen. Dieses Wissen darf ich allerdings nicht für mich nutzen. Täte ich es, verlöre ich meine Begnadung. Ich habe deshalb wiederholt Geschäftsleuten angeboten, ihnen gegen eine angemessene Summe die zukünftigen Gewinnzahlen zu benennen. Aber ein solches für beide Teile vorteilhaftes Geschäft ist nie zustande gekommen, was belegt, dass in der heutigen Zeit Misstrauen und Unglaube das Leben beherrschen. Es ist nicht nur bei der Ablehnung geblieben, noch schlimmer, man hat mich heimtückisch hintergehen wollen und mir vorgeschlagen, mir erst nach Ziehung der Zahlen die Vertragssumme auszuzahlen, wenn sich also meine Vorhersage erfüllt hat. Dabei weiß doch jedermann, dass sich eine Prophezeiung erst dann erfüllt, wenn daran absolut geglaubt und sie nicht in Zweifel gezogen wird." Johann lachte über sich selbst, sein Freund Karl schnitt ihm das Wort ab. „Johann, du willst mogeln. Du musst dich mit ernsthafteren Dingen befassen. Philosophen bemühen sich seit ewigen Zeiten, die Einheit von Denken und Wirklichkeit zu vermitteln. Das Wort, das Zeichen, das Symbol soll die Realität identisch abbilden. Baum soll Baum sein und Angst ein Gefühl. Aber das Wort Baum ist nicht Baum und das Wort Angst nicht das tatsächlich Gefühlte. Unser Versuch, mit Worten die Wirklichkeit

einzufangen, ist ein unmögliches Unterfangen. Inneres Erleben und Einstellungen können mit Worten nicht die Objektivität des Seienden erfassen. Soweit die bisherige Philosophie. Ich habe durch kritisches Nachdenken entdeckt, dass nicht die kennzeichnende Funktion des Wortes, sondern das Wort selbst Ausdruck des Absoluten ist. Mit meinen Gedichten, ein Wort an das andere reihend, habe ich die Grundelemente des objektiv Seienden sichtbar gemacht. Ich habe die Erdenschwere des Gedankens abgeworfen und menschlichen Geist und göttliche Kraft versöhnt. Ich will euch eine Kostprobe geben." Er zog aus seinem Kittel ein Blatt Papier und deklarierte laut und leidenschaftlich:
Hexenknaben Neider knüpfen
Cora-Sabrin-Orphina-
Klosterschule, Blut, Besenschrank
umkehrten kamastisch Talaratar.
Karl schaute triumphierend um sich. „Nicht wahr, nicht wahr? Ihr habt die universale Bedeutung verstanden. Ich habe damit das Maß aller Dinge in kürzester Form sichtbar gemacht, auch wenn nur der Verständige das Verständige verstehen kann." Friedrich schlug sich lachend auf die Knie. „Du Narr, du stellst die Dinge auf den Kopf. Erst die Sprache schafft die menschliche und soziale Wirklichkeit. Wir sind nicht mehr eins mit der Natur, wir haben uns unsere eigene Welt geschaffen. Wir gebären fortlaufend Worte und Begriffe, die unsere Weltsicht, unsere Einstellungen und unser Denken definieren und unser Verhalten und unsere Gefühle lenken. Wir haben Worte wie Freiheit, Gleichheit, Wahrheit, Gerechtigkeit und anderes erfunden, wir werfen es den Massen vor und nennen es Fortschritt. Die Menschen stürzen sich auf solche Begriffe wie eine Meute blutrünstiger Wölfe auf ihr erlegtes Wild. Sie reißen und streiten darum, denn jeder will seinen Anteil daran haben und sie merken nicht, dass sie

Leerformeln und Worthülsen erlegen sind und Fiktionen und Irrtümern nachjagen. Denn jeder versteht und handelt nur gemäß seiner angeborenen Triebe und anerzogenen Bedürfnisse, auch wenn er sie camoufliert. Ich brauche nicht zu betonen, dass der Teufel diese Verbalmanipulation erfunden hat, Politiker beherrschen dieses Metier ausschließlich zu ihrem eigenen Vorteil. Ich sage euch, denkt frei und ihr seid frei. Lasst euch nicht mit Worten betrunken machen." Aber auch Friedrich erhielt heftigen Widerspruch. „Du bist ein Defätischist, ein Zerstörer. Ich glaube an ewige Werte, an ewige Wahrheiten wie Liebe, Barmherzigkeit, Demut und Ehrfurcht vor dem Leben. Du willst diese Werte zerschlagen, ausmerzen und beseitigen. Diesen Vorgang beobachte ich als Maler mit Schrecken in unserer Kunst. Mittelalterliche Malerei war überwiegend unseren Glaubensinhalten gewidmet, es folgten Zeiten, in denen wir den Menschen, die Schöpfung, die Einheit von Mensch und Natur, schließlich die Geschichte, das Schicksal, die Gebrechen, das Schöne, das Gute, das Ideale malten. Und was geschieht heute? Die Bilder zeigen Menschen ohne Gesicht und Ausdruck, sie sind ohne Motiv und ohne Inhalt. Stattdessen dominieren Farb- und Strukturspiele, der Mensch und die Objekte werden aufgelöst, verzerrt und zerstückelt. Letztendlich ist das Pissoir, der zertrümmerte Gegenstand, die leere Leinwand das Kunstwerk. Das wird die Ästhetik des Unbewussten, des Zufalls oder des Augenblicks genannt. Es ist Kunst, weil es der kollektiven geistigen Haltung entspricht, das Hergebrachte zu verfemen und zu verachten. Und das Neue für fortschrittlich und modern zu erklären. So wird eine entmenschlichte Gesellschaftsordnung vorbereitet, das ist der Untergang des Abendlandes, Oswald Spengler hautnah." Otto unterbrach. „Ja, genau, die Diagnose ist richtig, die Erklärung ist falsch. Was du beschreibst, ist das Endstadium des Kapitalismus, der naturgesetzlich abgelöst wird vom Kommunismus. Lenin hat

ganz eindeutig gesagt, dass die Menschen in der Politik immer die einfältigen Opfer von Betrug und Selbstbetrug waren und sie werden es immer sein, so lange sie nicht lernen, hinter allen möglichen moralischen, religiösen, politischen und sozialen Phrasen die Interessen dieser oder jener Klasse zu erkennen. Es gibt nur ein Mittel, diesen Zustand zu ändern. Wir müssen innerhalb der uns umgebenden Gesellschaft Menschen finden, die die Kraft haben, das Alte hinwegzufegen und das Neue zu schaffen. Die Ausbeutung des Menschen durch den Menschen, die Entfremdung des Menschen von Arbeit und Kunst muss ein Ende haben. Wir müssen eine neue Kultur auf dem Boden eines neuen Bewusstseins des Menschen erschaffen. Die materiellen Verhältnisse müssen geändert werden, denn nur das Sein bestimmt das Bewusstsein und nicht umgekehrt." Helmut fiel ihm ins Wort: „Richtig und falsch. Gut und Böse sind keine feststehenden moralischen Axiome. Sie entstanden in der Auseinandersetzung von starken und schwachen Menschen. Die Schwachen haben sich in unserer Zeit durchgesetzt. Sie erklären die Tugenden der Starken und Gesunden für böse. Sie rächen ihre Insuffizienz an den Starken, indem sie deren Werte verdächtig machen und das solange, bis ihre Mehrheit die Starken moralisch besiegt hat und das Kranke, Perverse und Minderwertige auch von ihnen akzeptiert wird. Ja, wir brauchen den Menschen, der sich selbst erschafft, der niemanden nachahmt und keiner Moral folgt – den Übermenschen." Wilhelm verfolgte die hitzig geführten Diskussionen. Er kannte nicht die idealistischen, nationalistischen und marxistischen Strömungen seiner Zeit, um sich an der Diskussion beteiligen zu können. Er war besessen von Musik, nur für diese Kunst wollte er leben. Dafür war er bereit, alles zu opfern.
Im Club Schwarze Rose waren die Verhältnisse anders. Es war ein Lokal für das Amüsement. Hier wurde Alkohol getrunken, Koks

gesnieft. Die Band spielte die neuesten Schlager, auf der Kleinbühne wurde satirisches Kabarett oder Strip geboten. Wer Berlin bei Nacht erleben wollte, fand hierher. Es waren vor allem wohlbetuchte Männer mittleren Alters, Touristen aus aller Welt, Damen, die Geld zu riechen vermochten und einen Teil davon haben wollten. Es kamen aber auch Hausfrauen aus der Provinz. Unter dem Vorwand, sich wegen gesundheitlicher Probleme bei homöopathischen Kapazitäten behandeln lassen zu müssen, hofften sie, Freiheit erleben zu dürfen. Sie putzten sich heraus, quartierten sich in preiswerte Hotels für einige Tage ein und bevölkerten die Klubs. Dort schielten sie heimlich nach Bekanntschaften, wollten ihrer innerlichen Eintönigkeit entfliehen und waren für jede dümmliche männliche Unterhaltung dankbar. Ihr Ziel war das Abenteuer und die geheime Affäre. Erfüllte sich ihr Begehren, reisten sie zufrieden mit einem kleinen Präsent zurück zum Gatten, befriedigten die neidgetränkte Neugier ihrer Freundinnen und träumten von ihrem nächsten Berlinaufenthalt. Wilhelm ließ sich gern auf diese durchaus attraktiven, liebesaktiven Mittfünfzigerinnen ein und genoss die damit verbundenen Vorteile von absoluter Diskretion, menschlicher Unverbindlichkeit, sexueller Abwechselung, generativer Folgenlosigkeit und materieller Zuwendung. Nicht anfreunden konnte er sich mit Kokain. Eine Nase zu ziehen galt zwar in der Schwarzen Rose ebenso vornehm wie das Pokern im Nebenraum. Er erfasste aber sehr schnell die Kehrseite dieser Vergnügen. Er identifizierte Kokainisten sofort, wenn sie nachts abgemagert, blass, zittrig im Klub erschienen, nervös mit flattrigen Augen den Händler suchten, auf der Toilette verschwanden, um nach kurzer Zeit witzig und euphorisiert zurückzukehren und die Gesellschaft unterhielten. Nicht anders die Spieler. Auch sie wollten sich betäuben und suchten Ersatz für ihre sinnentleert empfundene Lebenssituation. Im Spiel konnten sie von der Außenwelt abschalten, nach Gewinnen fühlten sie sich mächtig, erfolgreich und bestätigt, nach Verlusten stürzten sie in Verzweiflung, Minderwertigkeits- und Schuldgefühle, die sie mit erneutem Einsatz wettzumachen suchten. Wilhelm war betroffen, wie schnell die Abhängigen ihr Vermögen verloren, verarmten und psychisch deformierten. Gleichwohl zog ihn dieses Milieu magisch an. Es kontrastierte zu seiner Herkunft, die er abzuwerfen trachtete.

In der Oper lernte Wilhelm Maria kennen. Sie war 18 Jahre alt, hochgewachsen, schlank, vollbusig mit einem nichtssagenden Gesicht, ausdruckslosen Augen und wenig Verstand. Sie kicherte ständig und jobbte in der Oper als Garderobenfrau und gelegentlich als Statistin. Sie träumte davon, eines Tages wie eine Diva bewundert und begehrt zu sein. Wilhelm erfasste unbewusst, dass er ihr darin glich. Er lud sie nach einer Aufführung zu einem Drink in die Schwarze Rose ein. Er mochte sie trotz ihrer Einfältigkeit. Er bestätigte ihr wider besseres Wissen, dass sie hübsch, interessant und für das Showgeschäft talentiert sei. Sie wehrte zwar seine Komplimente ab, aber Wilhelm registrierte sehr wohl, wie glücklich er sie damit machte. Als im Club ein Showgirl gesucht wurde, schlug er dem Chef vor, Maria doch probeweise zu engagieren. Sie erhielt einige Tage Tanzunterricht und erwies sich als gelehrig. Sie schlief mit ihrem Lehrer. Sie erhielt von einem Schlagersänger einige Gesangsstunden, sie teilte auch mit ihm das Bett. So gelang es ihr, mit einer Gesangseinlage im Club auftreten zu dürfen. Maria, voller Ängste, ausgelacht und ausgebuht und voller Gier, beklatscht und bejubelt zu werden, flehte Wilhelm an, ihr beizustehen. Er entwarf für sie eine Travestie. Er kostümierte sie als Cleopatra, der Liedtext beinhaltete die Liebesabenteuer Cleopatras mit ihren Ehemännern Tolomeus, Cäsar und Antonius. Im Refrain hieß es:

Wen wir auch immer lieben
ich bin mir treu geblieben.
Männliche Triebe wirken bei mir vergebens,
nur Geld ist der Trieb meines Lebens.

Nach jedem Refrain enthüllte sich Cleopatra ein wenig, am Ende ihres Songs ließ sie sich nackt in einen Teppich rollen.
Ihr Auftritt wurde ein glanzvoller Erfolg. Sie sang nicht, denn sie konnte nicht singen. Sie hauchte und flüsterte, stöhnte und raunte, die Clubgäste beklatschten sie begeistert, die Presse feierte sie als Enthüllungskünstlerin und verglich sie sogar mit Josefine Baker, die zu dieser Zeit in Berlin gastierte. Maria verdiente Geld, Wilhelm partizipierte daran. Er studierte mit ihr ein umfangreicheres Repertoire ein, er wusste aber, der Ruhm von Maria würde bald verblassen, wenn sie nicht durch sich steigernde Strips die unausgesprochenen Gelüste der Männer weiter entfachen würde. Die Verehrer blieben nicht aus. Maria zeigte sich mit Playboys in der Öffentlichkeit und provozierte möglichst oft Skandale. Nach einer Sonntagsvorstellung begab sich Maria wie üblich in ihre Umkleidekabine, in der Wilhelm auf sie wartete. Häufig kamen Verehrer, die mit Maria sprechen, von ihr ein Autogramm erhalten oder Liebesdienste wollten. Wilhelm entschied stets für sie, was zu tun sei. In dieser Sonntagnacht betrat ein klotziger Mann unangemeldet und ohne anzuklopfen ihr Zimmer. Er grüßte kurz, setzte sich unaufgefordert auf das Canape und erklärte mit englischem Akzent: „Cleopatra, ich will dich heiraten. Du sollst meine Frau werden." Wilhelm intervenierte: „Das geht nicht, sie ist meine Frau." Der Eindringling schien überrascht. „Oh, das wusste ich nicht. Das steht nirgends geschrieben." „Nun ja, wir sind ein modernes Ehepaar. Kein Trauschein, kein kirchlicher Segen, keine Verpflichtung, alle Freiheit, Ehe auf Zeit." Der ungebetene Gast lachte. „Das kenne

ich aus Persien. Da kann man auf Zeit heiraten. So sorgen die Mullahs dafür, dass es keine Prostituierte gibt. Und sie verdienen dabei. Also ich kaufe Ihnen Ihre Frau ab. Ich heirate sie mit Trauschein und Zivilvertrag."

„Sie haben sich nicht vorgestellt, wer sind Sie?" „Ich bin Mister Webster." „Der Mann mit dem Öl aus Texas?"

„Der bin ich."

„Und Sie meinen es ernst?"

„Natürlich. Ich bin Texaner."

„Dann möchte ich mich mit meiner Frau erst beraten. Vielleicht trinken Sie im Lokal noch ein Glas Wein."

Mister Webster ging, Maria brach ihr Schweigen. „Was soll das, willst du mich verkaufen?"

„Das kommt darauf an, was er uns bietet."

„Du bist verrückt, ich bin nicht deine Sklavin."

„Das nicht. Du verkaufst dich doch jeden Abend. Deine Seele und deinen Körper. Wie lange wohl! Ich möchte dich nicht kränken, aber du bist nicht talentiert. Du singst miserabel, deine Enthüllung ist zwar spektakulär, aber drittklassig. Deine öffentlichen Affären werden langweilig. Jetzt hast du die Chance deines Lebens, bürgerlich aufzusteigen und in gesicherten Verhältnissen zu leben. Vertrau mir wie bisher."

Wilhelm sprach eindringlich, sie konnte ihm nichts entgegenhalten. Beide warteten gespannt, ob Mister Webster zurückkehren würde. Als er erneut das Zimmer betrat, ergriff Wilhelm als erster das Wort. „Mister Webster, auf Ihr Angebot einzugehen, fällt uns sehr schwer. Ich liebe Cleopatra, die Trennung würde mir eine lebenslange Wunde schlagen. Cleopatra würde für Sie ihre alles überstrahlende Karriere aufgeben, was zahlen Sie als Abstandssumme?"

„10.000$ auf die Hand."

„Nein, niemals."

„15.000$."
„Mister Webster, bedenken Sie, Cleopatra ist jung, Sie sind alt. Dennoch wird sie Ihnen viele Kinder schenken. Sie ist eine berühmte Künstlerin, sie wird ihr Heim zu einem Tempel der Kunst erheben und Ihr Image über ganz Amerika verbreiten."
„Sie verhandeln hart – 20.000$."
„Sagen wir 25.000$, und ich verzichte."
„Okay, hier meine Hand."
„Nein, das ist mein Preis. Cleopatra erhält als Einmalzahlung das Doppelte, also 50.000$ und 2.000$ als monatliche Apanage auf ihr noch einzurichtendes alleiniges Konto."
Mister Webster schüttelte ungläubig den Kopf. „Und ich dachte, nur in Amerika werden solche Geschäfte hart verhandelt. Aber okay. Morgen wird der Vertrag notariell besiegelt."
Die Trennung von Maria tat Wilhelm leid. Er war über Nacht wohlhabend geworden, Rhythmus und Stil seines Lebens änderte er nicht. Aufgrund seiner stimmlichen Qualität wurde er in der Oper zu kleinen Nebenrollen herangezogen. Ihm schien, dass er auf der Höhe seines Lebens angelangt sei. Er tagte in die Nacht mit Musik und nächtigte in den nächsten Tag hinein.
Der Clubbesitzer der Schwarzen Rose forderte von Wilhelm für den Vertragsbruch von Maria einen Schadensausgleich, den ihm Wilhelm verweigerte. Nach über einem Jahr des Streits wurde Wilhelm überraschend verhaftet und dem Gefängnis, dem früheren Zuchthaus Moabit, zugeführt. Im Haftbefehl wurden ihm Menschenhandel und Kuppelei vorgeworfen.
Er wehrte sich zunächst gegen die obrigkeitsstaatliche Willkür mit provozierenden Schriftsätzen an den Haftrichter. „Es ist mir unmöglich, Ihnen mit diesem Schreiben eine ehrenhafte Anrede zukommen zu lassen. Eine solche verdienen Sie nicht. Sie haben in einer Weise Schuld auf sich geladen, die eines Menschen unwürdig ist, Sie als Richter total disqualifiziert, wenn nicht gar

zum kriminellen Täter macht. Was werfen Sie mir vor? Wer hat mich verleumdet? Ich fordere meine unverzügliche Freilassung."
Seinen Zustand schilderte er in einem Brief an seine Mutter:
„Ich kann mich nicht mehr beherrschen. Wir liegen zu Acht in einer Zelle. Ich drehe durch. Ich bin in einer totalen Krise. Ich berausche mich an dem Gedanken, wenn ich herauskomme, alle zu töten. Ich sammele Tabletten, sollte es noch schlimmer werden." Der Richter fasste aufgrund dieses Briefes folgenden Beschluss: „Der Gefangene ist in eine Einzelzelle zu verlegen, hat Gefangenenkleidung zu tragen und ist ständig zu beobachten. Das Verhalten des Gefangenen ist ausgesprochen zielgerichtet. Er will mit seinen Eingaben die Justiz erpressen und unsere Rechtsordnung untergraben. Die obrige Anordnung soll ihm Einhalt gebieten."
Die Einzelhaft wurde bei Wilhelm konsequent gehandhabt. Er schrieb der Mutter:
„Kein Mensch spricht mit mir, ich habe keine Freistunde, keine Gesprächspartner, kein Buch, nichts. Nur über diese Blätter kontaktiere ich mit der Außenwelt. Ich merke, dass ich nicht mehr ich bin wie zuvor. Ich bekomme in der Enge der Zelle Angstzustände und Weinkrämpfe. Ich kann mich auf keinen Gedanken konzentrieren. Meine Hände zittern, Du siehst es an der Handschrift. Ich verliere meine Beherrschung. Wenn mir das Essen durch die Türklappe geschoben wird, schreie ich ohne Grund. Ich sehe in Schatten Menschen, die mich bedrohen und höre ihre Stimmen. Meine Gedanken kreisen nur um eines, Schluss, Schluss, Schluss. Ich habe keine Angst vor einem Prozess, wenn ich nur wüsste, was man mir konkret vorwirft. Ich weiß nicht, was ich machen soll, ich habe kein Gefühl mehr für Tag und Nacht, für Hunger und Durst. Ich habe mich vollständig vom Glauben abgesondert, ich habe keine Kraft mehr."

In seiner Verzweiflung entschloss Wilhelm, sich das Leben zu nehmen. Er plante sein Vorhaben akribisch und nahm sich viel Zeit dafür. Seine Vorbereitungen beanspruchten dabei alle Energie, die er noch hatte. Er registrierte genauestens, in welchen Abständen er durch den Sehschlitz kontrolliert wurde, er testete, welcher Teil der Zelle nicht einsehbar war und wie er die Beleuchtungsverhältnisse der Zelle nachts unauffällig verdunkeln konnte. Bei zweimaligem Wäschewechsel trennte er den Saum des Unterhemdes ab, zwirbelte die Säume dreifach und verknotete sie zu einem Strick. Nach drei Tagen hatte er ein Tau mit hinreichender Länge für seine Zwecke angefertigt. Die Herstellung des Seils füllte seine Zeit aus und tat ihm gut. Er aß nun regelmäßig, schlief tief und fest. Er nutzte jede Möglichkeit, sich mit den Wärtern zu unterhalten und unterließ alle Provokationen. Die Wärter hielten im Beobachtungsbogen fest, dass die Sonderbehandlung Früchte trage und Wilhelm zur Besinnung gekommen sei. Sie regten seine Rückverlegung in den allgemeinen Vollzug an und vernachlässigten im guten Glauben ihre Aufsichtspflichten. Wilhelm steigerte sich in ein dämonisches Machtgefühl. Er imaginierte sich, wie er mit seinem Tod ihm lebenslang angetane Schändlichkeiten heimzahlen würde. Er berauschte sich in der Vorstellung, dass der Vater, obwohl bereits verstorben, bei der Nachricht von seinem Tode sich geißele, die Präfekten reuevoll auf die Knie sänken und um Vergebung flehten, Anna ihre Tränen nicht mehr stillen könne, der Richter seine Amtsenthebung beantrage. Und alle, von Schuld und Verfehlung gepeinigt, an seinem Grabe gequält ihr sündiges Verhalten büßen und bereuen würden. Er kostete seine Fantasie aus und erlebte diese Zeit unbeschwert und frohgemut
Am Abend vor der Rückverlegung in den Allgemeinvollzug wickelte Wilhelm die Kordel um das Außengitter seines Haftraumes und befestigte sie dort. Er stieg auf einen Hocker, legte

sich die Schlinge um den Hals und stieß den Hocker von sich. Er fiel nach unten, die Kordel dehnte sich, die Schlinge zog sich nicht zu. Wilhelm wurde die Luft abgeschnürt, er röchelte, suchte mit den Füßen Halt, griff nach dem Strick und wurde von Panik erfasst. Er strampelte, ließ unter sich und verlor das Bewusstsein. Als er zu sich kam, lag er in einem Bett. Hände und Beine waren fixiert, er wusste nicht, wo er sich befand und was geschehen war. Er dachte nach, dann fielen ihm einzelne Standbilder ein, sie formten sich allmählich zur kompletten Erinnerungsgestalt der letzten Ereignisse. Er hörte Schritte, die sich ihm näherten. Es beugte sich jemand über ihn, es war eine Frau mit warmen blauen Augen und einer weichen, fast zärtlichen Stimme. „Oh, Sie sind zu sich gekommen. Wie gut. Bleiben Sie ganz ruhig liegen. Sie sind im Gefängnislazarett und ich bin Schwester Hildegard. Ich nehme Ihnen jetzt die Fesseln von Händen und Füßen ab. Sie waren in den letzten Stunden sehr unruhig und wollten das Bett verlassen. Können Sie sprechen?" Wilhelm krächzte flüsternd: „Es geht, ja." Die Schwester löste die Riemen, dann umfasste sie seinen Oberkörper, hob ihn ein wenig an und flößte ihm aus einer Schnabeltasse Tee und Medikamente ein. Ihre Bewegungen waren langsam-fließend, bedächtig und unaufdringlich. Wilhelm fühlte sich liebevoll umsorgt und behütet. Die empfangene Wärme berührte ihn. Er schloss die Augen. Sie bettete ihn ins Kissen zurück und strich über seine Stirn. Die Schwester entfernte sich leise, aber er spürte, dass sie am Bettende stehengeblieben war und zu ihm schaute. Er blickte auf, sie lächelte. Sie verbreitete um sich eine Aura von Milde und Sanftmut. Er konstatierte für sich, dass sie wunderschön ist. Sie forderte ihn auf, ein wenig zu schlafen und teilte ihm mit, dass in zwei oder drei Stunden der Haftrichter und sein Verteidiger ihn sprechen wollten. Wilhelm dachte nach. Seine Selbsttötung war missglückt, er hatte überlebt. Aber er war mit seiner Situation sehr zufrieden. Er hatte sich seine

Freiheit bewahrt und den Mächtigen die Grenzen ihrer Macht aufgezeigt. Irgendwann erschienen der Haftrichter und sein Pflichtverteidiger an seinem Bett. Der Richter fasste sich kurz. „Es geht darum, ob wir Sie aus der Haft entlassen können. Sie sind in meinen Augen nicht nur ein Ganove, sondern auch ein Feigling. Sie werden der Kuppelei und des Menschenhandels beschuldigt, also schwerer Verbrechen. Sie bleiben in U-Haft wegen Fluchtgefahr." Der Verteidiger forderte, die Untersuchungshaft aufzuheben. Bei seinem Mandanten bestehe keineswegs eine Fluchtgefahr, darüber hinaus sei Wilhelm haftunfähig. Sollte der Richter die Haftentlassung ablehnen, beantrage er die Einholung eines psychiatrischen Gutachtens, das beweisen werde, dass sein Mandant haftunfähig sei. Wilhelm hielt während der Anhörung die Augen geschlossen und sprach kein Wort. Er konnte auch nur sehr leise und mühselig sprechen. Er hatte Schluckbeschwerden und Halsschmerzen und konnte seinen Kopf nicht bewegen.

Am nachfolgenden Tage wurde Wilhelm von einem freundlichen, älteren Herrn aufgesucht, der ständig mit dem Kopf wackelte und mit den Augen zwinkerte. Er stellte sich als Dr. Niedlich vor und erläuterte den Grund seines Kommens: „Ich bin Psychiater und soll feststellen, ob Sie hafttauglich sind. Ich sehe, dass Ihnen das Sprechen schwerfällt." Er betastete den Hals von Wilhelm. „Ja, ja, Ihr Hals ist angeschwollen und blutunterlaufen. Ich bin etwas schwerhörig, das macht die Sache auch nicht leichter. Ich war 32 Jahre lang als Medizinalrat in der Charité tätig und werde seit meiner Pensionierung von Gerichten als Sachverständiger bei schwierigen Fragen hinzugezogen. In der Kriegs- und Nachkriegszeit hatte ich vor allem Soldaten zu beurteilen, die aufgrund überstarker traumatischer Erlebnisreize an hysterischen Ausnahmezuständen litten, aber auch an hypobolischen Mechanismen wie Lähmung, Zittern, Krampfbewegungen, Gangstörungen und katatonen Symptomen. Dabei geht es um primitive elementare Reaktionen, um hypobolische Schaltungen des Gehirns von der corticalen auf die subcorticale Ebene, wobei es zu Reflexmechanismen kommt, die archaische Flucht- und Abwehrtendenzen mobilisieren...."

Dr. Niedlich fand kein Ende mit seinen Erörterungen, Wilhelm schlief darüber ein und wachte erst auf, als ihm das Abendbrot gereicht wurde. In seinem Gutachten hielt Dr. Niedlich fest: „Die psychische Verfassung des Herrn B. stellt sich so dar, dass er zu sinnvollen Aussagen im Rahmen einer gerichtlichen Verhandlung nicht in der Lage ist.

Dauer und Umstände seiner Untersuchungshaft haben ihn über Gebühr psychisch und körperlich mitgenommen. Seine vegetativen Störungen sind gravierend, der psychische Symptomenkomplex hat sich zu einem Syndrom von Krankheitswert entwickelt. Herr B. bietet das Bild einer reaktiven Depression, einer Depression also, die den bekannten endogenen Formen einer agitierten Depression gleichzustellen ist. Er ist nicht haftfähig, bedarf einer gezielten Behandlung in einer Umgebung, die sich weder in der Untersuchungshaft noch in einer geschlossenen psychiatrischen Krankenhausabteilung herstellen lässt." Das Gericht nahm das Gutachten zur Kenntnis, legte es zu den Akten, ordnete die Fortdauer der Untersuchungshaft an, allerdings mit der Einschränkung, dass Wilhelm in der Krankenabteilung des Gefängnisses weiter ärztlich zu behandeln sei. Wilhelm war über diese Entscheidung erfreut. Im Lazarett durfte er sich frei bewegen und er nutzte jede Gelegenheit, um Schwester Hildegard zu treffen, von ihr kleine Gefälligkeiten zu erbitten und sich mit ihr zu unterhalten. So erfuhr er, dass sie aus Ostpreußen stamme, sie Jüdin sei und ihre Eltern in Lötzen ein kleines Kolonialwarengeschäft betrieben. In ihrer Gegenwart fühlte sich Wilhelm unbeschwert, er vertraute ihr und redete frei über sich und sein Leben.

Die Anklage gegen Wilhelm wurde zur Verhandlung zugelassen. Sie gründete sich auf die Aussage des Eigentümers der Schwarzen Rose.

Nach dem ersten Verhandlungstag wurde Wilhelm überraschend mitgeteilt, dass er Besuch habe, den er unbeaufsichtigt wahrnehmen dürfe. Im kahlen Besucherraum von Moabit erwarteten ihn Mister Webster und Maria. Bei ihrem Anblick war ihm, als würde er von einem Zauberstab berührt. Maria umarmte und küsste den stocksteifen Wilhelm, Mister Webster aber polterte wie vor Jahren ungehobelt und direkt los: „Hey, alter Junge, was machen Sie? Wir sind in das alte Europa gekommen, um uns bei Ihnen zu bedanken. Maria und ich sind sehr glücklich. Wir haben ein Zwillingspaar, vier Jahre alt. Der Junge ist nach Ihnen benannt und Emmeline nach meiner Mutter. Und hier, sehen Sie, wächst unser nächstes Kind heran." Er lachte laut und schallend und tätschelte dabei den Bauch von Maria. „Wir haben einige Tage nach Ihnen geforscht und Sie nun endlich gefunden. Bitte, was ist los? Raus mit der Sprache, raus mit der Wahrheit, ich helfe Ihnen, gleich, was Sie angestellt haben." Wilhelm antwortete stockend. „Es ist wunderbar, dass ihr zu mir kommt. Ich kann es kaum glauben. Es ist das zweite Mal, dass mir Menschen ohne Eigennutz beistehen." Er hielt inne, weil ihm die Stimme versagte und fuhr dann fort, die Geschichte seiner Strafverfolgung zu berichten. Am zweiten Verhandlungstag rief der Verteidiger von Wilhelm Mister Webster und Maria als präsente Beweismittel auf. Sie bezeugten, dass Wilhelm sie weder verkuppelt noch Maria verkauft habe. Mister Webster hielt seinen Zorn nicht zurück. „Wissen Sie eigentlich, wer ich bin? Ich bin der größte Anteilseigner von Texas Oil und Senator von Texas. Und dieser kleine Kluberpresser pinkelt mich an, bewirft mich mit Schmutz und wagt es, die Ehre meiner Frau und Mutter meiner Kinder zu untergraben. Ich werde Strafanzeige wegen Verleumdung und übler Nachrede stellen. Wären wir in USA, stünde mir Schmerzensgeld in Millionenhöhe zu. Was ist das für ein Strafrecht, was sind das für Richter, einen Menschen, meinen Freund, aufgrund von Lügen in den Tod zu treiben." Der Landgerichtsdirektor unterbrach den Redeschwall von Mister Webster, das Gericht zog sich zurück und verkündete nach 10 Minuten Beratung den Freispruch von Wilhelm in allen Anklagepunkten wegen erwiesener Unschuld. Wilhelm verbrachte die nächsten Tage mit dem hypomanischen Mister Webster und seiner Frau und konnte sich erst nach deren Abreise den beruflichen Anforderungen im Opernhaus voll widmen.

Im Städtischen Opernhaus Charlottenburg war der Rosenkavalier von Richard Strauss auf dem Spielplan angesetzt. Unmittelbar vor der Hauptprobe erkrankte ein Tenor schwer, der im ersten Akt auftreten sollte. Die Baronin, Oktavian, der Ochs, kurz alle Sänger einschließlich des Intendanten standen betreten herum und diskutierten. Wilhelm fasste sich ein Herz, trat aus der Kulisse und erklärte, er könne den Part übernehmen. Der Intendant stimmte zu. Wilhelm hatte die Rolle eines Sängers zu übernehmen, der als Bittsteller bei der Baronin seine Sangeskunst vorträgt. Er hatte eine italienische Arie zu singen, er sang sie, wie es das Libretto vorschrieb: Schwülstig, pathetisch, affektiert. „Das Herz streng gewappnet, wehrte ich mich gegen die Liebe, wurde aber sofort besiegt bei dem Anblick zweier schöner Augen…" Wilhelm erhielt nach seinem Auftritt rauschenden Beifall und am Ende der Vorstellung Standing Ovation vom Publikum. Ein neuer Opernstar, ein strahlender Heldentenor war geboren. Wilhelm wurde an der Städtischen Oper verpflichtet und enttäuschte nicht. Er legte sich den Künstlernamen M… H… zu, seine Karriere stieg steil auf. Er wurde einer der gefragtesten Sänger seiner Zeit, der in allen bekannten Opernhäusern des In- und Auslands auftrat. Die Kunst wurde zum Quell seines Lebens.

Nach Jahren, die Nazis hatten die Macht übernommen, wollte Wilhelm an einem Sonntag mit der U-Bahn vom Alexanderplatz nach Friedrichsfelde fahren. Er wartete auf den Einlauf der Bahn, als zwei Braunhemden angeschlendert kamen und einen älteren, verwachsenen Herrn, den Wilhelm zuvor nicht beachtet hatte, anpöbelten und zwischen sich hin und her stießen. Wilhelm intervenierte. „Meine Herren, lassen Sie das. Der Mann hat Ihnen doch nichts getan." „Ah ha, Du bist wohl auch so ein Kretin, so eine Missgeburt. Verschwinde." Sie begannen lachend, mit Wilhelm ebenfalls Pingpong zu spielen. Wilhelm stieß einen der Angreifer zurück, erhielt daraufhin einen Faustschlag ins Gesicht, ergriff den Arm des Schlägers und verdrehte ihn, sodass der Aggressor mit einem Schmerzensschrei zu Boden ging. Sein Kumpane sprang hinzu, stach in diesem Moment mit einem Messer in den oberen Bauchbereich von W., dann flüchteten beide Ganoven. Der Messerstich war für W. schmerzlos. Er griff zum Leib, spürte nasse Wärme und sah, wie seine Hände sich rot und seine Kleidung sich dunkel färbte. Er schaute sich nach Hilfe um, der Bahnsteig war menschenleer. Er setzte sich auf eine Bank und presste beide Hände auf die Wunde. Blut sickerte auf die Bank und er merkte, wie er von Sekunde zu Sekunde schwächer wurde. Er kippte vornüber und kam seitlich auf die Bank zu liegen. Er wartete verzweifelt, dass die U5 einfahren würde. Er suggerierte sich, durchhalten, durchhalten, durchhalten, nur nicht sterben. Die U5 lief ein, einige Leute stiegen aus und passierten Wilhelm. Sie sahen ihn zusammengekrümmt liegen und kommentierten: „Da liegt schon wieder ein besoffenes Schwein." „Komm schnell weiter, wir wollen keine Scherereien haben." „Der hat was abgekriegt, wird ihm hoffentlich eine Lehre sein." Wilhelm tauchte in eine andere Welt ein. Ihm schien, als ob er von seinem Körper befreit würde. Zeit und Raum entgrenzten sich, er bewegte sich wie schwerelos in anderen Dimensionen. Er konnte sich selbst auf der Bank liegend betrachten und zugleich ohne Emotionen wahrnehmen, wie sein Vater ihn schlug, der Präfekt vor ihm masturbierte und er vor einem begeisterten Publikum sich dankend verbeugte. Das Panorama zog an ihm vorbei und er schaute zu, wie ein erstauntes Kind einen Film betrachtet. Die Bilder entschwanden, er befand sich in einem dunklen Raum.

In weiter Ferne strahlte Helligkeit, auf die er mit großer Geschwindigkeit zuraste. Mit jedem Annäherungsmoment wurde er von einer sich ausweitenden, all umfassenden Zufriedenheit und Leichtigkeit ergriffen. Kurz vor dem Ende des Kanals stellte sich ihm eine weiß gekleidete Lichtgestalt mit ausgebreiteten Armen entgegen und versperrte ihm den Weg. Ein durchdringender Schmerz durchfuhr ihn, er schrie gequält auf und vernahm von Weitem die Worte: „Wir haben ihn. Wir haben es geschafft, er lebt, er lebt wieder. Welch ein Wunder." Wilhelm war jung und vital, er genoss schnell von seinen inneren Verletzungen und dem starken Blutverlust.

Er konnte nach 14 Tagen aus dem Krankenhaus entlassen werden, in seinem Inneren aber blieb er aufgewühlt. Ihn bedrängte unabweisbar und zwanghaft die Frage nach dem Sinn des Lebens. Er flüchtete sich in die Stille des Bethanienklosters in Weißensee, um dort eine Antwort zu finden. Er studierte philosophische Abhandlungen, führte Gespräche mit den Mönchen, nahm an Exerzitien teil und verließ das Kloster so unbefriedigt, wie er gekommen war. Im wurden neue Gedanken und Lebenstechniken beigebracht.

Sei aktiv, tue Gutes, denke positiv, pflege Freundschaften, Freude und Humor, suche Gott in der Abgeschiedenheit von der Welt durch geistige Versenkung in der Meditation, durch buddhistische Übungen oder Askese. Nichts erreichte den Urgrund seines Daseinsgefühls.

Für die anstehende Spielsaison wurde er als Parzifal engagiert. Er studierte das Libretto, übte seine Gesangspartien und fühlte sich vom Gleichklang des Inhaltes und der Musik überwältigt. Wie im Theater aus dem Dunklen der Blick freigegeben wird, wenn sich der Vorhang langsam hebt und das Bühnenbild im Scheinwerferlicht erscheint, so lichtete sich ihm die Sicht für sein Leben. Er sah, dass er wie ein tumber Tor bisher nur den Kräften des Augenblicks gefolgt war. Ihm offenbarte sich durch Parzifal, dass im Mitleiden das Eigene im Anderen sich zeigt und die Annahme des Ich befreiender Daseinswert und Anweisung für eigenes Handeln ist. Er spielte nicht nur die Rolle und identifizierte sich nicht nur mit Parzifal, er wurde Leib und Blut von Parzifal und mit ihm eins. Seine spirituelle Identifizierung bewirkte bei ihm eine unerklärliche stimmliche Verwandlung, die seine Zuschauer in mystische Sphären hob. Er wurde auf den Schultern der Begeisterung zum Gipfel des Olymp getragen und so blieb nicht aus, dass er vom Bayreuther Festspielhaus engagiert wurde. Er erlangte Ruhm und Ehre, ihm wurde allseits gehuldigt. Der Führer selbst, Adolf Hitler, bat ihn in einer Aufführungspause des Parzifal zu sich in die Loge. „Herr H. ..., Sie sind ein Genie der Sangeskunst. Sie sezieren mit Ihrer Stimme die Seele wie mit Messern und legen sie offen dar. Diese Musik ist der Schlüssel zum wahren Menschentum. Auch ich bin ein Wagnerverehrer. Als Student in Linz sparte ich mir Pfennige vom Munde ab, um dem großen Meister und Verzauberer im Stadttheater zu hören. Mein Geld reichte nur für einen Stehplatz. An einer Säule gelehnt stellte sich auch mir die Frage nach meiner eigenen Bestimmung. Ich wollte ein großer Künstler werden. Das war ein Frevel, denn ich komme wie Sie aus sehr bescheidenen Verhältnissen. Meine ersten Versuche, mich künstlerisch zu bestätigen, waren stümperhaft. Dann lenkten die Vorsehung und mein Wille mich in die Politik. Als ich meine erste große Rede in München hielt, fielen alle Hemmungen von mir ab. Eine undefinierbare Macht nahm von mir Besitz. Ich konnte frei sprechen, überzeugen, faszinieren, hypnotisieren. Und warum? Es ist die Sensibilität des Auserwählten. Empfindsame und musikalische Menschen verstehen tiefer, sie können die emotionalen Schwingungen einer Volksseele oder einer Menschenmenge aufnehmen und sie in Worte, in mitreißende Sprachmusik übersetzen. Das ist es, was mich zur politischen Führung befähigt. Und das ist es, was Sie durch Ihre stimmliche Ausdruckskraft zum größten Tenor unserer Zeit macht. Wir sind Führernaturen."

Hitler lächelte und machte Wilhelm betroffen, weil er eine so lockere, persönlich gefärbte Ansprache nicht erwartet hatte. Hitler spann weitere Gedanken aus, wie man den Parzifal vom christlichen Gedankengut entrümpeln und das Bühnenbild anders gestalten könne. Eine Entgegnung von Wilhelm war nicht vorgesehen.

In Berlin gehörte Wilhelm bald zu den Auserwählten, die Goebbels an und ab zu sich in seine Villa am Wannsee zu Kamingesprächen einlud. Der Reichsminister erschien Wilhelm als allseitig interessierter Mann mit gekünstelten und stilisiertem Charakter. Er rauchte nicht, trug privat stets eine bestimmte dunkle Bluse, spielte den Kunstbegeisterten, gab ständig Sarkasmen von sich, sprach theatralisch, effektvoll und bewusst zugespitzt. Er umgab sich gern mit den Größen der Politik, der Wirtschaft und der Kunst und ließ alle Begegnungen fotografisch festhalten. Dann wiederum sah Wilhelm seinen Klumpfuß und seine motorische Behinderung. Es erinnerte ihn an sein eigenes Leid. Er vergegenwärtigte sich, wie der kleine Josef wohl von allen Freunden geschieden war, wie er mit ihnen körperlich nicht konkurrieren konnte, und wie er mit Schmerz, schließlich mit Neid wahrnahm, wie seine Gleichaltrigen gesund und stark ins

Leben traten, sich ihrer Bewegungslust erfreuten, mit Mädchen anbandelten, tanzten und Wanderungen unternahmen. Wilhelm verstand, dass dieser kleine Gernegroß mit verbissener Zähigkeit den Gesunden zeigen musste, wozu er fähig ist. Kein Mensch war vor ihm sicher, von ihm gingen Großmut und Bösartigkeit gleichermaßen und unberechenbar aus. Wilhelm wusste von seinem Einfluss auf Hitler und seinem Machtpotential. Als ihm bekannt wurde, dass Goebbels seine jüdischen Professoren aus Heidelberg ungerührt dem KZ ausgeliefert, aber krebskranken Juden die Emigration ermöglicht hatte, setzte er ganz auf diese Karte. Er trug dem Reichsminister für Kunst und Propaganda wiederholt das Schicksal von Erkrankung, Behinderung und Tod jüdischer Familien vor und erreichte in der Regel für sie die Ausreisegenehmigung ins Ausland. Goebbels durchschaute sehr wohl den Mechanismus und gefiel sich darin. Er kommentierte, wenn Wilhelm um ein persönliches Gespräch nachsuchte, auf wohlwollende und zynische Art etwa in der Art: „Aber Wilhelm, hast du schon wieder verkrüppelte Juden gefunden, die vor dem Tod gerettet werden müssen?" Um Wilhelm scharrte sich ein vertrauter Kreis von Berliner Autoren, Malern und Musikern. Zu ihnen gehörte Leonie S. ... Sie stieß als 40-Jährige zu diesem privaten Künstlerbund. Sie war von zarter, schwächlicher Statur, wirkte schüchtern und romantisch beseelt. Wilhelm fühlte sich ihr wesensnahe. In kleiner Runde blühte sie auf und erzählte ungezwungen von sich. Ihr Vater, ein wohlhabender Fabrikant, war bereits verstorben. Nun lebte sie mit ihrer Mutter zusammen. Das Thema Männer mied sie. Es war bekannt, dass sie frühzeitig begonnen hatte, melancholische Gedichte zu schreiben. 1921 veröffentlichte sie den Gedichtsband „Legenden und Erzählungen." Überaus amüsant und witzig berichtete sie den Freunden von ihren Erfahrungen. „Ihr wisst, ein Maler will gesehen, ein Musiker will gehört, ein Dichter will gelesen sein. Ich war sehr stolz auf mein erstes Opus. Ich hatte ja soviel zu sagen. Mein Buch war nicht gefragt. Es wurde nicht gekauft. Ich wanderte von einer Buchhandlung zur anderen, erstand überall einige Exemplare und verschenkte sie an Freunde und Bekannte. Es half nichts. Meine Gedichte wurden nicht gelesen und wenn, so sprach man mit mir nicht darüber. Man verbannte sie in die Wortlosigkeit. Die Alltagsthemen, Essen, Gesundheit, Politik berührten tiefer.

Den Zustand der Ignorierung meiner geistigen Existenz ertrug ich nicht lange. Ich überwand mich und forderte zur Auseinandersetzung mit meinem Werke auf. Die Reaktionen waren herablassend oder abgünstig, versteckt hinter unausgesprochener Buhlerschaft oder geheimen Vorrangstreben: Man habe Druckfehler gefunden, Worte seien nicht richtig gewählt, ich hätte wohl nur für mich geschrieben, es sei zu schwer verständlich, ich könne bestimmt noch Besseres leisten. Freunde, ihr seht, ich war ein bedeutungsloses Nichts. Aber jetzt hat mich Hinkebein Goebbels aus der Vergessenheit geholt. Ich bin entartet und verboten. Wie fantastisch! Man kauft, man liest, man diskutiert, bewundert, was ich geboren habe." Mein Freund Günter holte tief Luft. „So, mein Lieber, schwamm Wilhelm vom süßen ins salzige Gewässer und zurück. Leonie erhielt zu Beginn des Jahres 1940 den Stellungsbefehl zum Abtransport nach Osten. Erst im allerletzten Augenblick gelang es Wilhelm, für sie und ihre kranke Mutter bei Goebbels die Erlaubnis zur Aussiedlung nach Schweden zu erwirken. Danach begann das große Morden aller Juden. Nach Kriegsende schilderte Leonie in ergreifender Weise in Gedichtszyklen das Schicksal der Juden im Nazi-Deutschland. Doch weiter zu Wilhelm.

Ich schweife ab.

Nach einer Parzifalaufführung verließ Wilhelm müde und ermattet über den Personalausgang das Opernhaus von Charlottenburg. Er trat ins Freie und schaute sich nach seinem

Auto um. Plötzlich stand vor ihm eine Frau. Es war Frühsommer. Sie trug ein leichtes, weißes Hemdkleid. Sie hatte tiefgründige, blaue Augen, ihr Körper erschien ihm ätherisch. Wilhelm wurde von dieser Erscheinung gebannt. Er starrte und konnte sich nicht schlüssig werden, ob Anna, seine erste Geliebte, Schwester Hildegard oder die Lichtgestalt im Todeskanal vor ihm stand. Er begriff aber mit elementarer Wucht, dass diese Frau es war, die ihm das Sterben verwehrt hatte und die Inkarnation seines Lebens ist. Er näherte sich ihr zögernd, umarmte und küsste sie. Es war Schwester Hildegard.

Mein Freund hielt in seiner Erzählung inne. Er hatte fast zwei Stunden ununterbrochen gesprochen. Ich aber war enttäuscht.
„Diese Geschichte, ist das alles?"
„Nein, es ist nicht das Ende. Er heiratete Hildegard und beide führten eine sehr harmonische Ehe. Er bewegte sich im Kreis der Mächtigen und wurde dort beheimatet. Er wusste von den Verbrechen seiner Protegés, aber er speiste, trank und feierte mit diesen Verbrechern. Er verlieh ihnen Glanz und Ruhm mit seiner Kunst in aller Welt, sonnte sich im Wohlwollen ihrer Macht und ließ sich von ihnen hofieren. Ich sagte ja schon, dass Hildegard Jüdin war. Die Nazis forderten, dass er sich von ihr scheiden lasse. Er widersetzte sich diesem Ansinnen und erreichte, dass sie arisiert wurde. Mein Vater war Arzt, Hildegard hatte jahrelang bei ihm als Stationsoberschwester gearbeitet.
Als die Judenvernichtung ihren Anfang nahm, wendeten sich meine Eltern Hilfe suchend an Wilhelm. Er setzte sich für viele Juden ein und half ihnen. Er erreichte, dass meine Familie Deutschland verlassen durfte. Er hat auch anderen Juden die Emigration ermöglicht. Nach Kriegsende besuchte er meine Familie öfter in der Schweiz. Er war nach wie vor ein gefeierter Opernstar. Sein Ruf verblasste erst in den 60-er Jahren. Im

vertrauten Kreis bekannte sich Wilhelm zur schrecklichen deutschen Wahrheit und zu seiner persönlichen Schuld. Auf dieser Basis fanden mein Vater und Wilhelm in ihrer Beziehung zu Versöhnung und Frieden. Ich habe damals begriffen, dass sich jeder Mensch im Laufe seines Lebens schuldig macht. Wir frönen unserer Leidenschaft - was verbirgt sich dahinter? Was tun wir alles oder unterlassen, nur um Ansehen, Macht oder Geld zu erlangen. Schweigen oder verdrängen, heucheln oder verfälschen. Im Gegenüber von materiellen und spirituellen, von individuellen und sozialen, von selbstbestimmten und schicksalsabhängigen Ansprüchen und Gegebenheiten müssen wir uns täglich neu entscheiden, welchen Weg wir gehen. Wir irren dabei oft. Wilhelm lavierte zwischen allen Welten, er war in allen Welten zuhause. Er lebte als Wissender in der Verborgenheit des Schattens und agierte als Handelnder im gleißenden Licht der Sonne, ohne dabei zu verbrennen. Mich bewegt die Frage, welchen Preis er dafür gezahlt hat und um welchen Preis wofür wir ihm heute folgen."

Absurdität und Schicksal

Herr Manns war Journalist beim auflagenstärksten Monatsmagazin. Sein Journal erschien in fast allen Ländern der Erde. Was er schrieb, wurde beachtet und hatte Gewicht. Er betrieb insbesondere soziale Feldforschung. In seiner Kindheit war er ohne Liebe, Schutz und Wärme aufgewachsen, er hatte vor allem Misstrauen und Lüge in zwischenmenschlichen Beziehungen erlebt und stand deshalb der Welt mit Misstrauen und Verachtung gegenüber. Ihm lag vor allem daran, Ungerechtigkeiten, Benachteiligungen und Diskriminierungen aufzudecken und die dafür Verantwortlichen zu entlarven und an den Pranger zu stellen. Wenn „Das Fenster" in der Mitte der Woche erschien, saß er danach oft stundenlang am Bildschirm, um die im Internet eingegangenen Anfragen, Hinweise und Ergänzungen seiner Leser zu beantworten, aber auch, um die von ihm gezündelte Empörung anzufachen und in die gewünschten Bahnen zu lenken. Vor drei Tagen hatte er einen Artikel mit der reißerischen Überschrift veröffentlicht „Wie Männer ihre Frauen in die Psychiatrie abschieben". Dieses Thema war ihm von einer kämpferischen, an einer wahnhaften Störung leidenden Feministin beeindruckend eingeflüstert worden. Sie hatte ihm ihr beklagenswertes Schicksal unterbreitet. Nach 30-jähriger Ehe habe ihr Mann sich einer Jüngeren zugewendet, sie mit Unwahrheiten als psychisch unheilbar erkrankt dargestellt, sich als ihren Betreuer für Aufenthalt, Gesundheit und Finanzen bestellen und sie in eine geschlossene Abteilung einer psychiatrischen Klinik einweisen lassen. Dort habe sie sieben Jahre lang unter unvorstellbaren offenen und verdeckten Foltermethoden von Ärzten und Pflegepersonal leiden müssen. Ihr Mann habe in dieser Zeit ihr recht ansehnliches Vermögen mit seiner Geliebten in Saus und Braus verlebt.

Herr Manns recherchierte und fand sehr schnell heraus, dass seine Informantin weder je verheiratet noch in einer psychiatrischen Klinik untergebracht gewesen war. Aber die Geschichte hatte seinen Reiz und dem konnte er nicht widerstehen. Sie bestätigte seine Weltansicht. Er entschloss sich zur Veröffentlichung. In seinem Bericht erzählte er anschaulich und glaubhaft, wie Ehemann, Psychiater und Richter in männlicher Eintracht unausgesprochen sich verschworen hatten, die Einlassungen der Ehefrau als Wahnideen deklarierten, sie aktenkundig und damit unwiderlegbar machten. Die Klinik habe sich auf diese richterlich bestätigten Aussagen berufen und als charakteristische Symptome ihrer psychischen Erkrankung eingeordnet.

Der Widerspruch der Patientin sei als Krankheitsuneinsichtigkeit, Abwehr und fehlende therapeutische Compliance gewertet worden. Da sie immer wieder ihre Unschuld beteuert und alle vorgetragenen Behauptungen heftig bestritten habe, sei sie mit den wirkungsvollsten Neuroleptika behandelt worden. Leider vergeblich. Die Folgen der neuroleptischen Behandlung seien gewesen, dass seine Informantin steif und sprachgestört in dieser Zeit dahinvegetiert habe. Herr Manns belegte mit Fotos, mit ärztlichen Zitaten, aus gerichtlichen Unterbringungsbeschlüssen und Kopien aus der Krankenakte das schier unglaubliche Geschehen. Die Resonanz auf diesen Bericht war groß, zog weite Kreise, weckte Wut und Entsetzen in der Öffentlichkeit. Die zuständige Staatsanwaltschaft leitete sofort ein Ermittlungsverfahren ein, der Landtag beschloss, eine Kommission einzusetzen, die die Unterdrückungsmechanismen von Ehefrauen durch ihre Männer mithilfe der Psychiatrie untersuchen, die Schuldigen benennen und gleichartige Vorkommnisse zukünftig durch geeignete Maßnahmen verhindern solle.

Herr Manns wurde aufgrund der Bedeutung dieses Falles zum Rapport zu seinem Chefredakteur nach Hamburg befohlen. Obwohl sehr geschätzt, wurde er diesmal unfreundlich empfangen.

„Herr Manns, hat diese Geschichte einen realen Hintergrund?"
„Ja, die Frau gibt es."
„Haben Sie auch sorgfältig recherchiert?"
„Ja."
„Und?"
„Es stimmt nichts."
„Und was haben Sie sich gedacht, den Bericht in den Druck zu geben?"
„Sie haben selbst immer wieder betont, dass wir unseren Lesern nicht die Wirklichkeit nahebringen, wir gestalten die Wirklichkeit. Intentiös und parteilich. Akzentuierungen, Auslassungen und Verzerrungen sind nun mal unsere journalistischen Instrumente. Nur so können wir den Gegnern die scheinheilige Maske vom Gesicht reißen, nur so können wir sichtbar machen, wie die Mächtigen im Kot waten. Wir offenbaren die Dummheit der Klugen und das mit Häme, weil es den Leuten gefällt. Das wollen unsere Leser, das bringt Erfolg und Einfluss, weil sich dann jeder als kluger und guter Mensch fühlt."
„Richtig, richtig. Aber ein bisschen Wahrheit, ein Funken Ehrlichkeit, ein Tröpfchen Anstand - verstehen Sie?"
„Sicher. Aber ich höre das von Ihnen zum ersten Mal."
„Ach, lassen wir es. Sie sind als sachverständiger Zeuge vor dem Ausschuss des Landtages geladen. Sehen Sie zu, wie Sie die Sache hinbiegen."

Damit war Manns entlassen. Er fuhr mit seinem Porsche zurück nach München. Seine Gedanken kreisten um das Problem, wie er sich aus der Verantwortung stehlen könne. Er formulierte gedanklich entlastenden Satz um Satz, ohne zu einem Ergebnis zu kommen. Dabei achtete er nicht auf den Verkehr und raste mit überhöhter Geschwindigkeit in einer Baustelle auf einen dort abgestellten Bagger. Irgendwann erreichten ihn verschwommene, ungeordnete Reize; dumpf, unklar, anflutend und verebbend, ohne Sinn und ohne Bedeutung. Er hatte das Gefühl, dass er sich schwebend in der Leere bewege. Einen Bezug zur Umwelt und zu sich hatte er nicht. Er befand sich in einem existenziellen Zustand des Nichtseins. Er wusste nicht, dass er an einer Herz- Lungenmaschine angeschlossen war und seine Atmung, Herz- und Kreislauffunktionen künstlich aufrecht erhalten wurden.

Man hatte bereits seinen Hirntod diagnostiziert, dabei allerdings Gammawellen im EEG übersehen, wie sie etwa bei Meditations- und Trancezuständen auftreten und mit bloßem Auge nicht sichtbar sind. Zu Lebzeiten hatte er der Entnahme seiner Organe nach dem Tode schriftlich zugestimmt. Nun befand er sich mit sechs weiteren Tot-Lebenden zur Vorbereitung der Organentnahme auf einer Station für organprotektive Intensivtherapie. Die Station war der Stolz der Klinik. Mit fünf bis acht lebenden Leichen war sie europaweit eines der größten Ersatzlager für menschliche Organe und erfreute sich begehrlichen Zuspruchs. Nach zwei Tagen wurden Leber, Nieren und Herz von Manns für blutgruppengeeignete Empfänger angefordert.

Bei der Eröffnung des Bauchraumes reagierte Manns mit schwachen Abwehrreaktionen. Der Chefchirurg erklärte seinen Assistenten, es handele sich hierbei um periphere Reflexe, denen keine weitere Bedeutung zukomme und fuhr unbeirrt in seinem

Tun fort. Manns tauchte klaglos, still und endgültig in das Dunkel oder die Helle des Nichts ein. Wir wissen es nicht. So wurde er indirekt Opfer seiner Lüge und eines möglicherweise fahrlässigen Irrtums. Und schenkte doch drei Menschen weitere Lebenszeit.

Peng

Seine Kameraden nannten ihn Peng. Den Grund hierfür wusste ich nicht. Wir lagen beide im ersten Stock einer Hausruine. Vor uns hatten sich die Russen in zerstörten Häusern verschanzt. Wir befanden uns im Stellungskrieg. Die Russen gaben nicht auf, wir gaben nicht auf. Peng war 18 Jahre alt, körperlich durchtrainiert und drahtig. Er war als Scharfschütze abgestellt worden. Mit seinem Gewehr G27 hatte er sich zwischen Mauerresten verkrochen und beobachtete durch einen kleinen Schlitz ruhig und geduldig die 200 bis 300 Meter entfernte gegnerische Häuserreihe, den Zeigefinger stets am Abzugshahn seiner Waffe haltend. Ich war sein Begleitoffizier, der seine Abschüsse bestätigen musste. Ich war einen Augenblick unaufmerksam, da machte es peng und ich sah, dass ein russischer Soldat aus einem Fenster des uns gegenüberliegenden Hauses stürzte. Peng hatte wieder einen Feind erschossen. Für jeden fünfzigsten Erschossenen erhielt er einen Orden. Seine Brust war bereits mit drei Orden dekoriert. Er war ein Teufelskerl. Nachdem wir uns aus Petersburg zurückziehen mussten, verlor ich ihn aus den Augen. 1951 besuchte ich in Hamburg einen Boxkampf, es ging dabei um die norddeutsche Meisterschaft im Schwergewicht. Im Ring stand Peng. Er schlug in der vierten Runde seinen Gegner k.o..Mir gelang es, Kontakt aufzunehmen und mich für den nächsten Abend mit ihm zu einem Glas Bier zu verabreden. Bei unserem Treffen wirkte er gehemmt. Er hatte zwischenzeitlich ein betriebswirtschaftliches Studium absolviert und eine eigene Firma eröffnet. Ich fragte erstaunt, warum er dann boxe.

„Geld und…, ja, Geld."

Ich hakte nach. „Geld, und?"
Er zögerte. „Geld und, nun ja, Frauen."
Ich schwieg und nötigte ihn so zu weiteren Erklärungen.
„Bei Kriegsende konnte ich mich der Gefangennahme entziehen. Ich begann zu studieren. Ich lernte eine Kommilitonin kennen. Ich liebte sie. Ich durfte bei ihr nächtigen. Ich hatte noch nie mit einem Mädchen geschlafen und stellte mich wohl sehr dumm an. Sie verhielt sich zunächst abwartend und unbeteiligt. Nach einer Weile sagte sie, du bringst es nicht, finde dich ab, es geht nicht. Ihre Worte waren von hypnotischer Kraft. Ich fühlte mich gedemütigt und beschämt. Ich brachte es nicht, stand auf und ging. Ich bringe es bis heute nicht. Aber ich bin ein guter Catcher, ein bekannter Boxer, ein erfolgreicher Unternehmer. Das bringe ich."

An diesem Abend betranken wir uns, danach trennten sich wieder unsere Wege. Zehn Jahre später reiste ich mit einer Gruppe von Politikern und Ärzten nach Indien. Wir wollten dieses riesige, unruhige und vielfältige Land, seine Probleme und Hilfsmöglichkeiten erkunden. In der Nähe von Bombay besichtigten wir eine Klinik für Leprakranke. Wir waren angemeldet. Der Klinikleiter begrüßte uns mit einem kleinen Stab seiner Mitarbeiter. Es war Peng. Ich hörte hier zum ersten Mal seinen wirklichen Familiennamen. Wir erkannten uns sofort wieder und er lud mich für den Abend zu sich ein. Er hatte sich sehr verändert. Er sprach gelassen und fest, er blickte freundlich und mild, er strahlte Optimismus aus. Er wohnte sehr bescheiden in einem kleinen Holzhaus mit seiner Frau und zwei Kindern. Er berichtete ausführlich von seiner Arbeit, bis meine Neugier sich Bahn brach.
„Peng, was hat dich in das Abseits dieser Welt gespült?"
Er lächelte. „Du weißt, ich war ein Tausendsassa, ein Teufelskerl, ein Abenteurer, erfolgreich und angesehen.
Mich reizte das Extreme, die Grenzsituation, das Übermensch-

liche. Mich beschäftigte das Verhältnis von Leben und Sterben, von Liebe und Macht, von Sieg und Niederlage. Nur wer die Feuertaufe besteht, versteht das Leben. So dachte ich. Gleichwohl schlummerte in mir das Wissen, dass ich schwach und verletzlich bin. Das wollte ich mit meinem Heroismus vergessen. Eines Tages kam mir die Idee, den Nanga Parbat bezwingen zu müssen. Zu Dritt wollten wir über die Nordschulter den Gipfel dieses Riesen erreichen. In einer Höhe von etwa 6.000 Metern überraschte uns ein Steinschlag. Unsere Seilschaft stürzte ab. Nur ich überlebte. Im Sturz oder danach im Krankenhaus im Koma bedrängte mich eine Fiebervision und ließ mich nicht los.

Die von mir erschossenen russischen Soldaten zogen an mir vorbei, einer nach dem anderen. Sie schauten mich mit ausdruckslosen Augen, mit verzerrten Gesichtern, mit aufgerissenen Mündern, mit zerfetzten Köpfen, mit blutenden Leibern an. Sie sanken vor mir lautlos auf die Erde, klatschten aus großer Höhe auf die Straße, bäumten sich auf, krümmten sich, krallten sich im Todeskrampf mit den Händen in den Boden. 176 Menschen und keiner sprach. Ich hörte kein Wort, keinen Schrei, keinen Laut. Der schreckliche Todesreigen mit seiner gespenstischen Stille wollte kein Ende nehmen. Und immer wieder die gleiche Szene. Hatte ich einen Soldaten getroffen, wartete ich auf seine Kameraden, die ihn bergen wollten. Sie kamen, ich zielte, drückte ab und traf. Und dann bewegten sie sich von einer unsichtbaren Hand gelenkt, steif und leblos wie Marionetten in ihrem schrecklichen Zustand an mir vorbei und starrten mich an. Als ich zu mir kam, lag ich auf einer Matratze in einem großen Raum mit vielen anderen Menschen. Es war ein Krankenhaus, ärmlich, unhygienisch und primitiv. Ich hatte mir beim Absturz einen Schädelbasisbruch, einen Bruch von Becken und Wirbelsäule und Frakturen von Armen und Beinen zugezogen. Mich pflegte eine Pakistanerin, eine Hinduistin. Sie mochte etwa 30 Jahre alt sein.

Sie verstand weder Englisch noch Deutsch. Wenn ich sie ansprach, dann lächelte sie nur. Erst nach einiger Zeit begriff ich, dass sie stumm ist. Aber sie verstand mich, sie bettete mich behutsam, flößte mir die Nahrung geduldig ein, wusch und reinigte mich mit zartfühlender Selbstverständlichkeit. Wenn ich über meine Bewegungslosigkeit verzweifelte, fand sie stets einen Weg, mich aufzurichten. Sie fühlte meinen Puls oder sie massierte meine Stirn oder sie setzte sich neben mich und lächelte. Ich verstand, ich bin bei dir, nein, ich muss es anders ausdrücken. Liebe, Güte, Mut und Hoffnung waren bei mir. Nach meiner Genesung habe ich meine Firma verkauft und mein Geld in dieses Krankenhaus hier investiert. Du fragst dich vielleicht, warum gerade in eine Klinik für Leprakranke.
Es sind die Entstellten, zerschossenen und von mir getöteten Menschen meiner Vergangenheit und meiner Träume, denen ich es schuldig bin.
Leprakranke halten die Erinnerung an sie wach. Auf dem Krankenlager, hilflos und ausgeliefert, quälte mich die Frage, was ich für ein Mensch bin, dass ich so handeln konnte und wie ich mich aus meiner inneren Bedrängnis befreien könne. Ich suchte nach einer Antwort und fand sie bei meiner stummen Pflegerin."

Peng blickte zum Palmenhain.
Da kam sie mit zwei lärmenden, hübschen Kindern. Seine stumme Frau.
Er schaute in die Ferne und sprach Gedanken versunken vor sich hin: „Wir Europäer nehmen mehrheitlich die Welt auf christlich geprägte Weise wahr, und sind doch keine Christen mehr. Und ich? Wer bin ich?
Zweifelndes Fragen brachten mir Spott.
Wer ich auch war. Jetzt weiß ich.
Du kennst mich, Dein bin ich, gnädiger Gott."

Der Todestrunk

Das Einbettzimmer war groß und geräumig. Das Krankenbett stand in einer Nische, davor befand sich ein Wohnraum mit eingebauten Schränken, einem Zweisitzer und drei Sesseln aus Leder. Das riesige Panoramafenster gab den Blick auf eine bergige Waldlandschaft frei. Im Krankenbett lag Frederik, halb benommen und schwer atmend. Er griff von Zeit zu Zeit zur Sauerstoffmaske, um freier atmen zu können und um seine Schmerzen zu lindern.
Begonnen hatte es vor fünf Monaten mit Husten, Brustbeschwerden und Luftnot. Er reduzierte das Rauchen, es half nicht. Seine Kraft ließ nach, er konnte nicht mehr fünf Stufen ohne Halt bezwingen. Der Hausarzt wies ihn in eine Klinik ein. Nach Vielfältigen Untersuchungen stand die Diagnose fest. Er hatte ein inoperables kleinzelliges Bronchialkarzinom. Der Krebs hatte beide Lungenflügel befallen. Er wurde vier Monate lang strahlen- und chemotherapeutisch behandelt.
Sein Zustand verschlechterte sich dramatisch von Tag zu Tag. Eines Tages eröffnete ihm der Chefarzt, dass er nach menschlichem Ermessen nur noch zwei Monate, maximal noch drei Monate zu leben habe.
Frederik nahm die Mitteilung scheinbar gefasst auf.
Er war 68 Jahre alt und hatte sich nach der Berentung mit seiner Frau weitere glückliche Jahre entworfen. Nun stellte er sich konsequent dem nahenden Tode. Er besprach offen mit Frau und Kindern sein Testament und die Feierlichkeiten seiner Beisetzung.
Die qualvollen Erstickungsanfälle häuften sich.

Er registrierte das Entsetzen seiner Lieben, wenn er mit dem Tode rang und nicht sterben und nicht leben konnte.

Stets verantwortungsbewusst fühlte er sich in der Pflicht, ihnen diese seelische Marter zu ersparen. Er wollte sie nicht zu Opfern seines langsamen, grausamen Sterbens machen.

Er teilte ihnen seinen Entschluss mit, für sich das Recht auf Sterbehilfe einzufordern. Sie schwiegen und er verstand, dass auch sie seinen baldigen Tod als Erlösung für sich und ihn wünschten.

Die rechtlichen Formalitäten, ein externes ärztliches Prognosegutachten und die notarielle Bescheinigung seiner Geschäftsfähigkeit, waren schnell erledigt. Dem Krankenhauspfarrer hatte er Zimmerverbot erteilt, denn er war Atheist.

In der Stunde des Abschieds waren die nächsten Familienangehörigen um ihn versammelt. Entsprechend seinem Wunsch klangen aus dem Lautsprecher die ungarischen Tänze von Brahms, denn er wollte die Welt fröhlich verlassen. Jeder der Angehörigen verabschiedete sich auf seine Weise von ihm. Seine Frau streichelte bleich und zitternd seine Hände, die Tochter weinte herzerweichend, der Sohn stammelte „Ich lieb dich", die Schwiegereltern hielten in ratloser Haltung Abstand von seinem Bett.

Der Chefarzt betrat in Begleitung einen Assistenten das Krankenzimmer. Die Schwester trug ein Tablett, auf dem ein goldener Becher mit dem Cocktail stand. Sie setzte das Tablett schweigend auf die Bettdecke.

Er schaute prüfend in die Runde, ergriff den Becher mit ruhiger Hand, führte ihn an seine Lippen, trank ihn aus und lehnte sich zurück.

Plötzlich, nach wenigen Sekunden, schrie er sich überschlagend: „Nein, nein, ich will leben! Ihr Mörder, ihr Mörder, lasst mich leben!"

Der Chefarzt kannte solche Reaktionen der Todgeweihten und hatte vorgesorgt. Die Schreckstarre der Familie nicht beachtend, betätigte er den Notruf. Pfleger stürmten in den Raum. Der Magen von Frederik wurde ausgepumpt und ausgespült. Ihm wurden Gegengifte infundiert. Frederik überlebte.

Entgegen aller wissenschaftlichen Erkenntnissen und ärztlicher Prognosen, gesundete er. Er ließ sich scheiden und trennte sich von seiner Familie. Er schämte sich, weil er deren Erwartung nicht erfüllt und seine Entscheidung im Augenblick der Schwäche widerrufen hatte. Nicht die Fragwürdigkeit des anmaßend sicheren Wissens künftigen Geschehens der Ärzte hatten ihn erschüttert, sondern sein Diesseits-Jenseits-Erlebnis. Gleichzeitig zwischen Ende und Anfang von Daseinsformen stehend, in der Dimension von Zeit- und Raumlosigkeit des Absoluten, hatte er gesehen, wovon ihm kein Lebender je berichtet hatte.
Auch er sprach nie darüber.

Vergessene Schwüre

Friedhelm wirkte mit 88 Jahren noch vital und wach. Er war Ortsvorsteher in einem kleinen Dorfe von Ostwestfalen. Er hatte drei Kinder und vier Enkelkinder. Am 23. April jährte sich die Befreiung des Konzentrationslagers Sachsenhausen. Friedrich wurde aus diesem Anlass um ein Interview gebeten. Ein Journalist hatte herausgefunden, dass er ein ehemaliger KZ-Häftling war. Nach Bedenkzeit erklärte sich Friedhelm bereit, sich dem Interview zu stellen. Am 24.4. wurde in der Lokalzeitung unter der Überschrift „Ein Leben galt nichts" das geführte Gespräch publiziert.

„Herr Ehrlich, Sie waren KZ-Häftling in Wewelsburg und in Sachsenhausen. Wie kam es zu Ihrer Inhaftierung?"

„Ich war damals Gymnasiast und Mitglied im christlichen Verein junger Männer. Wir mussten erleben, wie Nazis jüdische Mitbürger verschleppten, Zeugen Jehovas verfolgten und Zigeuner festnahmen. Wir hörten, dass viele von ihnen im KZ ermordet wurden. Überzeugt von der biblischen Forderung, dass die Beziehung der Menschen untereinander durch Liebe und Verständnis gekennzeichnet sein soll, wörtlich, damit sie alle Eins seien, verfassten zwei Kameraden und ich ein Flugblatt. Wir überschrieben es „Legt den Mördern das Handwerk", verteilten es und wurden dabei erwischt. Man verbrachte mich zunächst nach Wewelsburg, später nach Sachsenhausen."

„Können Sie uns das Leben dort beschreiben?"

„Nein, ich kann es nicht. Die Grausamkeiten dort übersteigen alle menschliche Vorstellungskraft. Es war ein absolut rechtsfreier Raum mit mangelhafter Verpflegung, fehlender Hygiene und

147

Sklavenarbeit. Wir haben gefroren und gehungert, sie haben uns geschlagen und misshandelt. Kranke wurden erschossen, schwangere Frauen verloren durch Folter ihre Kinder.
Totschlagen, ertränken, Leichengiftinjektionen und Vergasungen waren an der Tagesordnung. Ein Menschenleben galt nichts. Nichts war diesen Mördern heilig. Noch heute habe ich den süßlichen Geruch, der vom Krematorium ausging, in der Nase."
„Wie haben Sie überlebt?"
„Ich weiß es nicht. Vielleicht, weil ich 14 Stunden arbeiten konnte und zu essen bekam. Vielleicht, weil ich mit 17/18 Jahren eine robuste Konstitution hatte. Vielleicht, weil ich meinen Glauben und meine Hoffnung nie aufgegeben habe."
„Wie stehen Sie heute zu Ihren Peinigern?"
„Zunächst war es nach der Befreiung Hass, blanker Hass. Ich wünschte, dass ihnen das gleiche Leiden und die gleichen Qualen widerfahren, die sie anderen zugefügt haben. Erst Jahre später wurde mir bewusst, dass wir nicht so sind wie sie. Wir folgen nicht den Mordanstiftern, wir sind keine Henkersknechte. Wir haben eine andere Moral. Heute wünsche ich mir, dass die noch lebenden Verbrecher ihre Schuld bekennen und vor Gott sühnen."
„Gibt es ein Vermächtnis, das Sie uns hinterlassen können?"
„Ja, jeder Mensch hat ein Lebensrecht. Toleriere die Überzeugung deines Nächsten und setze dich für Gewaltfreiheit in allen Lebensbereichen ein."

Am Tage nach der Veröffentlichung des Interviews suchte ihn seine Enkelin Caroline auf. Obwohl sie bereits 27 Jahre alt war und in einer Partnerschaft lebte, bestand zwischen ihm und ihr ein sehr inniges und vertrauensvolles Verhältnis. Nach der Begrüßung eröffnete sie ihm ohne Umschweife, was sie bedrückte. Sie sei schwanger. Aber sie wolle das Kind nicht. Der Gynäkologe habe ihr gesagt, die Indikation für einen induzierten Abort liege nicht vor. Die Beratungsstelle „Für das Leben" habe ihr empfohlen, das Kind auszutragen. Vater und Mutter dächten altmodisch und würden sie nicht verstehen. Sie sei ratlos, deshalb bitte sie ihn um Beistand. Friedrich hörte ihr geduldig zu. Dann stellte er seine Fragen und erhielt von Caroline offene und glaubhafte Antwort. Ihre Beziehung zu Wolf, ihrem Lebensabschnittspartner, sei ungetrübt. Man liebe sich wie am ersten Tag. Sie sei ungewollt schwanger geworden. Wolf enthalte sich jeder Meinung. Sie allein müsse die Entscheidung treffen. Die Firma, in der sie und Wolf beschäftigt seien, habe in Indien ein neues Werk eröffnet. Man habe ihr und Wolf einen hochdosierten Jahresvertrag für dort angeboten. Wolf habe den Vertrag bereits unterschrieben, sie nicht, denn der Vertrag schließe eine Schwangerschaft ihrerseits aus. Ein Kind zum jetzigen Zeitpunkt käme für sie deshalb nicht infrage. Man biete ihr eine einmalige Chance in jeder Hinsicht, die wolle sie nicht wegen eines Kindes ausschlagen. Friedrich kannte seine Enkelin. Er verstand sie und versuchte nicht, sie von ihrem Entschluss abzubringen. Er ließ sich von der Beratungsstelle den Beratungsschein aushändigen, er vereinbarte mit einer Klinik, die Schwangerschaftsabbrüche vornahm, einen Termin für den Eingriff und begleitete seine Enkelin am Operationstag dorthin. Dem Arzt erläuterte er die bestehende Notlage von Caroline. Sie könne und wolle sich nicht von ihrem Partner trennen, sie fühle sich mit einem Kind überfordert. Sie könne nicht schlafen, sei appetitlos, sei depressiv. Sie müsse wohl psychotherapeutisch behandelt werden. Caroline schwieg während der Ausführungen ihres Großvaters. Der Operateur hielt eine nochmalige Ultraschallaufnahme vor dem Eingriff für erforderlich. Er dozierte und demonstrierte: „Sehen Sie, es ist ein gut entwickelter, kräftiger Junge. Hier die Arme, die Beine, der Penis, der Kopf. Das Herz schlägt, sein Körper ist gut durchblutet. Passen Sie auf, wenn ich laut mit den Händen

klatsche, bewegt er sich. Es ist ein kleiner Mensch, ich meine, er ist sogar älter als 14 Wochen. Wollen Sie wirklich den Abbruch?"
Friedrich reagierte erbost. „Es ist kein Mensch, es ist eine Anhäufung von Zellen. Mehr nicht. Es wird erst Mensch, wenn das Gehirn ausgereift ist."
„Aber es ist Leben!"
„Nein, es ist der Beginn von Leben und deshalb noch nicht lebenswert. Im Übrigen bestimmt meine Enkelin selbst über ihren Körper."
„Ja, auch über dieses Leben hier! Abtreibung heißt, wir müssen es töten!"
„Reden Sie nicht, unser Gesetzgeber hat alles wohlbedacht und aus humaner Grundüberzeugung, erwachsen auf christlich-humanistischen Idealen, diese Regelung getroffen."
„Gut, ich will Ihnen jetzt anhand der Aufnahme zeigen, wie ich vorgehen werde. Ich erweitere den Muttermund, führe das Messer ein, dann trenne ich mit dem Messer Arme und Beine vom Körper des Kindes, dann den Rumpf vom Kopf. Der Kopf ist sehr groß, ich muss ihn mit einem Instrument wie eine Nuss zerquetschen. Und dann sauge ich die blutigen Körperteile durch einen Plastikschlauch ab. Nach zwei bis drei Stunden können Sie die Klinik wieder verlassen. Nochmals, Sie haben sich alles gut überlegt und sind fest entschlossen?"
Caroline nickte bejahend. „Ja, ich habe keine andere Wahl. Ich will nicht meine Zukunft verspielen."
Friedrich schaltete sich ein. „Ich habe mich schlau gemacht. Bei uns werden jährlich 25- bis 30.000 Schwangerschaftsabbrüche vorgenommen. Und das nach gewissenhafter Abwägung aller Aspekte von Für und Wider. Wir folgen damit dem Gesetz der Natur. Es ist die gestaltende Kraft des Faktischen, die unsere Freiheit und unsere Würde begründet."

Drei Monate später machten sich Caroline und Wolf auf, ihren neuen Job in Indien anzutreten. Friedrich verabschiedete sie. Sie umarmte Friedrich. „Danke Opa, von mir ist eine große Last gefallen. Meinem Glück und meiner Zukunft steht nichts mehr im Wege."